新时代诗库·第三辑

与一条船谈论大海

张于荣 著

中国言实出版社

图书在版编目(CIP)数据

与一条船谈论大海 / 张于荣著. — 北京：中国言实出版社, 2025.3. — ISBN 978-7-5171-5090-9

Ⅰ．I227

中国国家版本馆 CIP 数据核字第 20253U7N47 号

与一条船谈论大海

责任编辑：史会美
责任校对：王君宁

出版发行：中国言实出版社
地　　址：北京市朝阳区北苑路180号加利大厦5号楼105室
邮　　编：100101
编辑部：北京市海淀区花园北路35号院9号楼302室
邮　　编：100083
电　　话：010-64924853（总编室）　010-64924716（发行部）
网　　址：www.zgyscbs.cn　电子邮箱：zgyscbs@263.net

经　　销：	新华书店
印　　刷：	北京盛通印刷股份有限公司
版　　次：	2025年5月第1版　2025年5月第1次印刷
规　　格：	880毫米×1230毫米　1/32　6.75印张
字　　数：	116千字
定　　价：	58.00元
书　　号：	ISBN 978-7-5171-5090-9

《新时代诗库》编委会

编委：吉狄马加　李少君　王　冰
　　　霍俊明　陈先发　胡　弦
　　　杨庆祥
主编：李少君

　　张于荣，浙江温岭人，中国作家协会会员。诗歌作品发表于《十月》《诗刊》《上海文学》《星星》《扬子江诗刊》《江南诗》等文学刊物。曾出版诗集《入海》。获第九届中国长诗奖。

　　Zhang Yurong is from Wenling, Zhejiang Province and is a member of the China Writers Association. His poetry works have been published in literary publications such as *October, Poetry Magazine, Shanghai Literature, Stars, Yangtze Jiang Poetry Journal,* and *Poetry of Jiangnan*. He has published the poetry collection *Into the Sea*. He has won the 9th Chinese Long Poem Award.

目 录
CONTENTS

辑一　溯洄

延绳钓简史　　　　　　3
银鲳研究　　　　　　　14
与一条船谈论大海　　　31
钓船生肖　　　　　　　56

辑二　渊源

镬火颂　　　　　　　　75
石塘七夕节　　　　　　87
大奏鼓记　　　　　　　107

辑三　具象

里箬　　　　　　　　117
石屋断想　　　　　129
井·水势　　　　　139
箬山味蕾　　　　　147
闽南风　　　　　　155

辑四　在场

灯光围网（诗剧）　181

后记　　　　　　　202

辑一
溯洄

延绳钓简史

一、"搁灰"即开渔

多色镜头催动,从千帆竞发退出,
折回旧年开渔,
岁月的线条勾勒出"搁灰"场景。

"正月头的女人,八月头的船。"
修缮一新的钓船,用旗语召唤渔港女神。
秋汛,人喧,螺鸣,
打开眼睛里的落星岛和箬山海湾多重面影。

钓船,透过彩虹迎接岸的光。
彩旗,从头桅顶,到中桅顶,
风灯举起仰望的头颅和掠过的翅影,
再到船尾三桅顶。
活化的空间变成一种风俗,
开启一个新汛期。

三名渔汉子后背插上三角红色的大旗。

"独占鳌头"是头桅,
"八面威风"是中桅,
"顺风得利"是三桅。
上升的力量,用锐角和速度击破天空。
领先者用钢斧般的旗角插入船尾,
浪急,风静,
折叠的画面钝化梦中弧线,揳入多维意象。
时光褪去色彩,素描成一幅钓船开渔单色画。

二、转场从秋汛开始

洄游,牵引一条鱼奔波。

向往低盐度,伴随台湾暖流和祖先骸骨铺就的水路奔涉,
大陈洋,理想的索饵场[①],
船与船目光的撞击。
秋冬汛,像多线条水墨纵情。

箬山钓船首捕,秋季的第一场奔赴,
钓船颠簸于浪涛,如秉性疏野,浪尖峰谷,
涂抹的水墨正用减笔描摹秋白。

渔者重做绝版旧梦,

一水收获,船舱鳞光闪动。
陈老大了然于心,开始追击洄游。
转场就是转换画风,变换新的着墨点,
在旺势之中仍与陡峭的大海对峙。

线条铺开,做埠石浦,沈家门,嵊泗,
从寒露,霜降,到冬至。
转战渔场,点线成面。
像一匹骏马,奔跑茫茫沙漠,
一个海面到另一个更辽阔的海面。
他心于万物,追鱼,
重力的对角扑向某种轻。
水中取出鱼,船和脸的倒影,
如纵横笔墨,画出大写意。

冬至是一个拐点,蓝色的夜覆盖激越。
小寒到大寒,冬汛钓船与灯塔别离,
最终被家乡的海湾和婆娘的臂弯揽入怀中。

三、绳线有着生长的想象

绳线落篮,渔事俱备,
渔人举杯相庆。

一头是无限延伸的大海，
一头被妇人紧攥。

一旦汛起，从沉睡在慈母般绳盘里跃出，
它有了生长的想象，
放出的精灵，召唤鱼与钩，
一片海，立马变得生动和丰盈。

犹如小篆笔法，纤细绵长，延伸和收缩间混迹于海。
它绵里藏针，垂钓暴力触及海的腹部，
如燃烧的枯木，留下时空伤痕，是对蔚蓝的拒绝。
浮标知悉一支桨的休止符
如何穿越鱼礁和水流之后，停歇在涛声
复述柔软故事之前，得到一条鱼的指认。

绳线交织，抛出一张手绘大网。
一边是生，另一边是死。
海水出入，一滴水第二次跌倒。
在风浪潮相碰的晌午，他仍以繁复绵长的构建破解渔汛新密码，
打捞虚无，让鱼儿着迷。

四、钓船有护犊之心

乌浪鼓置于案前,镜中人密布的掌纹间,
记忆的鸥声浮在杯中,是投入的一片波涛。
一幅透明厚重的油画,
是风的笔触,乌浪鼓逐浪画里画外。

一个装载平台,又像一个集镇,多音部合奏。
让命运试图熄灭的闽南风吹出音符,
游走钓船生肖,从老鼠
跳到动画猪。它有六只背仔,心怀母性慈爱。

乌浪鼓是渔者最早伸向大海深处的手,
鱼的替身,涌动在大海的每一个瞬间。
马达和帆背负梦想,是训导潮涨潮落的誓言,
从水陀到雷达,从罗盘到"单边带"
透过时空,牵引鱼族遇见网。

夜航,犁开水面和星辰,移动山冈,
劈波斩浪。

洋屿岛外,秋白汛,

陈老大知悉水文，
放下小舢板，分散放绳钓鱼。

此刻，他逡巡水面，
信风旗的手指引着属于自己的领海边界，
移动的海在俯仰间收放。
海的王。瞭望，穿梭，救援。
护犊之心连接了野性欲望，以及不可勘测的运势，
话语有了斑斓色彩。

五、秋白在钓钩之上

鹅的形态，如正楷调锋出钩，钢的棱光。

支线和钩头之间，鱼饵晃动，带鱼狂舞，
如人间因果。钩上之饵
其实是死者——咬食同类，这些畜生。

饱饮了疼痛和忍耐，
决斗场上，
一记倒钩拳击败对手，自己围上金腰带。

一种诱惑，让鱼发狂。一种陷阱，请君入瓮。

一种捕捉，攻城略地。一种依附，受制于绳。

钓钩凶残，
钓钩佛系。

退无可退，水逃到水的外面，愿者上钩。
以退为进，钓钩孤寂，做消磨时间的访客。

没有禁渔期，锈迹把锋利关进小屋，
一只钓钩在旧网盘里瞥见自己，
又被观者盘进眼睛。

六、沉浮人生

浮子，沉子，
在水中张开喧嚣和寂静。

浮子，附着渔绳漂漂，有着隐忍内心，
鸥影点点，振翅欲飞。
像横字隶书，反向起笔，欲右向左。
铺展为线，回峰收笔。
又似冒号，无限延伸。

沉子轻盈而孤独,
悬于水层或置身水底,
埋进泥土,或伸出头颅,
沉默如人生。
又像伏兵,越过悬崖,为了出击的瞬间。

沉浮之间,须经历多少绳结,演绎生死,
一部剧,水流,鱼,人出场,
反串角色互为对方,钓钩无从下手。

向上又向下,无情的引力,
让鱼骨唤醒潮汐,如同渔者的沉浮人生。

七、桅头旗是预言家

逃离天空缠绕,却被一朵浪俘获。
从眼中夺眶而出,又停在心中码头,
一浪高于一浪,
写意的桅头旗,复古浪漫的水彩,
却在暴头拼杀间走失。
没有人关切西北太平洋的风源,
陀螺正被一根神鞭抽打,
没有人关切船眼大的渔火明灭的焦虑,

没有人关切闯海人有着怎样的垂钓之心。

握在手心的月轮挂在海天之上，
多少汹涌的浪呀，你是其中一朵，
带着船去拜访远方的岸。

一个梦想尚未结束，另一个梦想
已经上路。

八、小舢板是奇兵

海船的小个子，一只梭子划过水面。

伏在钓船身上，航行的艰辛，让他迅速成长，
成为渔汉子，突袭海面的奇兵。

六只背仔被推进海面，一仔，二仔，三仔……
集群作业，单兵作战，
他把身子交付动荡，
经过风暴，暗礁，乌云，抵达人和鱼用残骸堆积的角逐场。

头前，盯紧浮子，拉线就有一盏盏灯笼飞过来，
迅速向左侧传过去。

后手，接过网线，摘鱼，往下传递。
三手，把鱼饵上好，放回海中。
橹大，尾鳍扇动洋流。

小舢板在蓝纸上勾勒轻盈线条，
海面更加灵动。
反复循环，
直到夜色降临，接到信号，返回母船。

九、鱼和渔者相生相依

鱼驭着船牵动洋流，洄游招引船，网和渔人。
一条鱼奔波于索饵场，产卵场，越冬场，
带鱼洄游，就是延绳钓的跨季作业路线图。
延绳只是迷惑，为欲望布置死亡。

秋白跃出水面，如闪亮钢刀，
划破蓝色绸缎的天空，
同时击中味蕾和人生疑问。
命名性失语，超现实的想象，
重回繁复的词语世界，长出翔飞的羽毛。

海纳百川，渔者和鱼适者生存，

鱼为渔者献身，风暴夺去渔者性命。

鱼的头尾在金文字形中简化成人，不分彼此。

唯有佛系延绳钓，鱼与渔者握手言和。

2023.9.20

注：

①索饵场：指鱼类群集摄食的水域，也被称为索饵渔场，通常位于近海区以及寒暖流交汇处。由于饵料生物量丰富，吸引了大量的鱼类前来索饵、生长和育肥。

银鲳研究

一、画像

"昌，美也
以味名，海中鲳"
李时珍在时间的栅栏里

自画像还是群像？
流水声起，悬浮镜面泛着鲳鱼白
星空垂下倒影
白鲳白鲳，箬山度娘
喊一声"鲳鱼嘴"
小嘴美人娇俏
倾倒海山
她又张着你的嘴
开口，一支渔光曲
海洋巨大的空间陷入寂静
视觉失重
轰鸣的流水声叫醒星辰

"三鲳四鳓",海的梦被唤醒
春汛,头水
味觉的词语,窒息空气
此刻已浸蘸食客味蕾
产下的冥想
如一张纸币途经无数人
成为被反复练习的古老祷文

鲳科一族
无差别整体中的个别,她的寓言和布道
源于鸣叫,飞翔和人性

她着迷流水
正如我和众鱼着迷她的小身体
如青纱披肩的白衣女子飘过
水中镜匣
燕尾服拖着一根黑丝带
游走蓝故乡
缀连异彩的叙事,打开抒情

"鱼游于水,群鱼随之"
这个飘忽魅惑的水妖

二、越冬场

镂空时间
仰视生命隐秘的星宿

远离旧秩序的纷乱
南下的休止符停歇在寒流尽头
冬日的春天
奔赴温暖而贫穷的南方之南

海沟,将苍茫灌入小五官
尾鳍,把涛声写成月光
无雪的隆冬
一层盐粒浮动
温床置于莽海无际
如一条鱼游走太空舱
遁入另一种静止的美

海风翻开经书
风帆上没有悬念
只在属于自己的水层舒展曼妙
不想听见水体之外的鸣响
不想看见同族之外的闯入者

睡在幻影之外
与朝阳一起浮上来
与黑夜一同沉下去
无所事事的栖息地

她虽孱弱,却有藤原拓海之术
怀抱星链词典,一遇外敌
液压系统90度转向
逃逸,适者生存
流水,鱼的泪
身披月光,为自己提灯
意外的猎杀和角斗
每一种情形都是另类刑事
悬挂的悲伤
海的伤口里生活,长满嘶哑的声带
真实和荒诞
银鲳谋生学的表达

三、向往高纬度

被一股北上暖流浸透
水流开启青春期躁动
唤醒成年性腺,身子开始蓬勃

意念里的低盐度，产卵场
狂野召唤
内心涌起的水声
和鱼肚白的欲望
积聚一种无形的力量

时间之轮再次转动
她决意进入一次注定的长途奔涉
告别越冬曾给予的温暖
仿佛时间消失
洄游，意味着把生命交付

不想与你谈论生死
还是跟随暖流
北上，北上
奔向高纬度
多么清晰的导引线
仿佛神谕，如约的苦旅
在我这张手绘洄游图上滑行

一条鲳鱼
活在海鸥和星星的眺望中

风的方言
上弦的月亮带来欲望
宇宙之外的另一个黑暗
我在海的内部,手握炼金术
燥热之丘,碾压昼短夜长的冬日
远岸那些事儿
渔码头,补偿和消解
渔夫迎着曙光奔跑

敞开的身体不停试错
虚构的镜子,真实的疼痛
锈蚀的沉默是时间的下一秒
把远方的山揣在心口
血液已接近燃烧

向往和恐惧
默念妈祖的颂词
潮水皈依
写下一小刻纬度的航海志
一片浪被另一片浪覆盖
冷暖流,暗夜,雾
又是不可预知的前方

四、网伏击洄流

起风的日子,我在宣纸上撒网
现实的光柱挥动你的手
手指和桅杆间
蔚蓝又一次被落日淹没

箬山渔船,设伏于洋屿岛外
流刺网逆向置于洄流之中
陡峭的风从船尾掀起
一次突如其来的遭遇
唯有复述细节
才能解开意象下深埋的谜团
打捞更多的意外

白浮如铃铛,网垂挂水中
看你叩响四面八方银白色的声音
看你像时辰的过客
看你不安之心在律动

让那些垂死的飞鱼穿过
网眼是格局

于大网眼里念经或祷告

"该退不退,该进不进"
我厌倦这句谚语
习性和网的反包设计
让一种银白
穿过一块银圆、海神和你的身体
同时触摸白云

相逢在上一个故事结尾
不关心山峦,山峦便不复存在
如木犁的回声
弥漫内心的宇宙
蓝火焰,孔雀,雪山
庄重的书页,凹陷山谷
被否定的暗夜
海标,拟定你的星海

鱼与渔者
海风是调停者
自然主义,才可握手言和

五、产卵场

她不在那个中心,也许明晨或今晚抵达
鳞光泛动,如马鬃飞扬
被打着快板的海水和连绵的词
翻阅旧命运

衢岱洋,涌动与喧哗
重构丘陵,新的渔场
春汛,新客如潮
冷叙述,只是流淌在真相之前
世间的小精灵还在翻动长长波浪
分娩的海水,生命勃发

交欢,轮回
繁衍,重生
她,仍是《西游记》里的小妖
提着裙裾飘过
如此低语的水声
一枚枚银白小桃扇扇动
流转时光
优雅之态宛若画中

敞开丰腴
流水中抛卵
雄性银鲳成群追逐而去
成为吸吮者的母亲

爱琴岛，还是猎场？
母穴，还是坟场？
这里每天发生的事
进食，交媾和猎杀
蜂拥的渔船，马力的算计
蛰伏的暴力和笑脸
渐远的帆影，独白的云
曾经消亡的渔夫
鸥声正在扩展未经梳理的海面
填充它们的空缺

时间重新涂抹了空间色彩
产卵场已被掏空
废墟之上，万物造影之前
渔场内心淤积
光和骸骨的野魂
长成墓碑

此刻
鱼，人，船，网，海
同时进入转侧
试图解读多义

六、索饵场

旧年的流水流回旧年
带走鱼的梦
岛岸在尽头守望
转世的梦境
仍在倾泻蓝颜料
内心的角度，一道光芒
跃出镜子般海面和纸面
你存在，抚摸光明的消亡者
尘埃般的省略号
瘦削的她拖儿带女开始奔向索饵场
另一片更丰饶的海面

南下，南下
逆行者，驮着梦想
在真实的世界瞭望虚空

一袭水袖的藻类，舞动月色的水母
满屏琼色
抽离了时间，银鲳成了水中鹰
又如白狐得道
大叉尾鳍在弹琴
倒三角的小嘴开合
口念符咒
捞出一只小舢板
水中有了碎裂的轰响

腾空，又俯冲
点燃激情
这冷血的掠食者
却是小生灵的保护神
生命之歌吟响莽海

漫长的索饵育肥
只为赶在寒流前头
开启新的越冬洄游
银鲳，进入另一种生存循环

七、幸存者

昨夜和明日,两个大海
海上,没有确切的命运
时间刻下海水的金属质感
迷境,多出来的一日
消失于一次救赎
赴死的反向意义
网的伏击,自相残杀
非命,挣扎
每一次都是群体性事件
幸存就是余生

绞盘转动于灵恶之门
每一天都是无常的幸存
产卵,索饵和越冬
生命的年轮
转不动一圈便夭折,是英年早逝
转两三圈的,是善终者
转四五圈才逝者,是寿星和王者

她们不确定的生命周期

如多舛人生
不同的镜子在同一双眼睛里
未知的前世和后世
而今世,每一天都是幸存日
都活在自己的因果之中

八、身后事

漏网之鱼这么多
只有一条鲳鱼被刺挂
放大的网眼难以挽救这位勇者

紧握这个世界的手松开
出水一挣扎就亡
一粒冰和一粒眼里的渔火
正为你的重生超度

夜被割去一角
银鲳的身体是个秘境
生前只是传说
人们只关注她的身后事
一种新的开始
食客吃着尸体,谈论美好

捕者,鱼贩和店主
贮存,腌制和烹饪
纸币,手艺和口味
空置的山水,念想海天
在讨价还价声中决定新生

死亡的最高意义
是以另一种被感知的方式活着
死去并不代表消亡
你用末日,为人类庆生

别人为银鲳垂涎,她不能自由地死去
伪装活着,继续在世间游唱
而人间,总有一些会走动而没有灵魂的躯体

一条鲳鱼被一刀一刀凌迟
舌尖的鲜味飘起来
这具残骸已成猫咪的玩物
但她的灵魂仍在死去的身体里
如量子纠缠
一条死鱼在砧板上挣扎

又在食者味蕾上复活
互解的星系

头道菜是鲴鱼配年糕
白浪和农家捣糕声
鲜甜与香糯
五觉俱在
食者醉

银白的身体
浇上一层油，被葱绿覆盖
一块麦田和命里的白浪
绿中白
问春思风语

银鲴和热水
身子更加银白
似乎没有疼痛
迷醉的众眼里
一群白
似在自己的唇上扑腾

无数次的复活都很传奇
这一次又将写入我的研究手册
帆影和鸥声
在流水中敞开
羹沿着鲜的岸,抵达下一个甜的码头

旧船板上,垂危的打鱼人
第一次想起鲳鱼的命运
一个鱼形脸的生命尽头
已经接近他

银鲳生命史
多重意象抵达和返归
死者不语,世间和大海重归喧嚣

2024.4.19

与一条船谈论大海

一

点睛
一只乌浪鼓的诞生
置身辽阔
你有了太极光的神采

船眼与我四目相对
收放间
大于一轮明月
小于一粒鱼眼
它看穿了我
感受到深远而庞大内核的静止
正统领船只
和海浪的神秘之力

一张蓝纸上跃出众多的马
彩旗,鼓号。桅头旗上升腾的闽南风
马和马力的欲望

烈酒的血性
灌入马和渔者猩红的眼眶
你突然抖动帆索：该走了
出海，推开岸和岸边的亲人
咕嘎扛起捕捞的八月
与一匹马约定醉山的时光

你开口，大海归于沉默
你沉默，大海惴惴不安

二

妈祖从云间悬下
你说起鱼与渔的故事
满帆的闽南风
如飘动马鬃
掀动纸角，船角和岬角的想象

七彩的风
打开无雪的隆冬
碎浪布满海的衣袖
渔妇头上的银簪蘸着霞光
涂抹小岛和海湾

用闽南口音般的鸥声
剪海
排浪雕刻成石坎
石屋镂空成帆影
浪尖同时来到我们梦中
那是林默娘提来的一盏新渔火

风起,你归航
小海滩,阿吉的大奏鼓舞动
此刻,渔乡和我不再孤寂

落星岛外
你不语
手绘的水墨无法抚出琴声
旋律苍白描摹不了绚丽

浪花绽放的时候
你温情的落花词
写进云中锦书和白帆
花瓣和花蕊
寄回千年雁归时

她在闽南诵读

另一个花间
与两座石城同镜，燃烧的火
我在筶山，惠安，洞头遇见天妃脸的女人
真的是一个族群里同一个海吗
怎样的迁徙路
如今怒放
在枝头，云间，纸上
洄流和孤舟
拉长了她的流年

帆影，把你雕饰成时空王冠
古为今，他乡即故乡
聚拢八方，让鱼类和人群一起涌动

在下一季节
一条船
又做东海的新郎

三

一条船抵达麒麟山脚

但无法与风盘旋而上

竖起一支香
他的身体里住着镬火
把火高高举起
高于群峰和星辰

看不见雾凇,峭壁和鸟鸣
雾凇消融了诗句
峭壁倾斜了灶台
鸟鸣压低了钟声

火神视角
从桂岙妈祖庙到东海天后宫
又从桅头到麒麟山顶
一条船与纯真相连
探寻无限可能的新边界

桅尖上听天籁
鸥鸣处涂抹一方海天
雾凇让麒麟山有了冰山的魔力
朝阳让我们成为烧海的人

在船上谈论麒麟山和海
情节生动的海边书

四

夜航
鱼的召唤
成全我涨潮的泅渡
你说出唯一的真相
如经书里离卦
用模糊的词缠绕在渔妇的玻璃手串上

星星不在,在另一个夜晚
黑夜在黑色的眼睛里
渔火点燃的风,穿越船身拂向消失的远方
此刻的大海,究竟有着怎样的好心情,坏脾气

罗盘和导航仪沿着粗粝的掌纹
于浪尖和空谷间
犁出一条时空的夜航图
请问黑夜颠簸的莽海
谁是闯入者

与一条船谈论大海

从桅顶到船底,被浪一遍遍鞭打
骸骨泛起鱼汛
头颅敲击船盖板的回响

海事,不再是一个假设
一条鱼识云观天
辨识出岛礁黑影
从落星岛到石浦港
长号,复调之歌
漫长征途,忠贞的错
此时多想喊回旧月亮

洄流,暗礁和巨浪
听不见海妖的歌声
打转的洄流走失迷船
暗礁无法斩断海水
巨浪取代木鱼,叫醒黑夜
陈老大狼性的眼眸逼退风暴

探照光掘开大海一寸寸黑暗
又被一双温热的手抚平

替代前夜,给海的源头写信
一块隔着生死的船板
写出海浪的平仄和冒险者的传奇

五

逐日,从蓝调开始
你是一小片土地,在海里走动

黄昏停在海平线
镜头里,稚嫩的手托住一张大红脸

洋屿岛外的右舷
我看见浪花飞溅
船眼大的红铜锣和鸥鸟
盯着
又像魔术师
把我身上的蓝衣服变成金蓑衣

她开始在碎云间,沉下去
吝啬地收回金蓑衣

鸥鸟再次掠过头顶

我们，同样是来追日的
和大海同披一件宽大的衣
此刻
蓝衣开始模糊，加重了暮色
你说，我们的落寞
也是大海的落寞

六

你用一只钓船说唱
北上的从容

翻越渔场，大海失眠
如今，一水新潮
出征
陈老大站立船头，流水般的身世

赭帆挽成悬挂的岛屿
直抵大陈洋
渔光曲响起
星空是浪尖掀起的一张蓝纸

钓钩触摸的忧伤

是一个落点
不可辜负的潮汐
在渔谱里
遁入另一个真实
骸骨泛着鳞光

陈老大坐在船头喝着碗酒
遗忘才是真正的回忆

七

奔赴渔场的船，说话如桅头旗猎猎作响
又像一把利剑
刺向海的前额

在较量和握手间
在同一平面
二次元，幻想出来的唯美世界
变成一部音乐剧，开演又被删除

撒网了
放飞死亡
等于收回一个生命

大海尽头
一切失语
一条大黄鱼在吟诵
"我终于能说出希望,危险
正锯开我的尾巴"

用黄鱼青春的尾巴当饰品
下一幕便是抓捕行动
起伏的波涛
把你们一网打尽
快跑呀
抓住他

直浪扑来,从船头到船尾
如跌宕人生
一个老大,一个轮机手
两位渔民
撒网,追鱼,起网

搏斗开始
缘分悄悄发芽

与一条船谈论大海

他们，观剧
有二位说很精彩，有一位说超现实主义
另一位沉默，假装内行

是洄流，牵动鱼群投入新的流逝
你通过海鸥的眼睛
一场伏击

一次海的暴动
谷雨，黄鱼汛
头水，猫头洋
二水，勺溪洋
三水，岱衢洋
端午收网

追鱼如人生
渔网打捞海水的虚无
生的反面，死的对角
正如剧中你能找到伪电气白兰地
触发小小奇迹

海鸥的诡辩

把海浪谬论变成鱼满舱的真理
金枪鱼在别人的故事里
与唇共演

证据不足的判决
如此相逢
永别
有缘
不等剧终,他已启程奔赴另一个渔场

八

船眼里的帆升
网是哑语
它的生死契约,被岁月描摹
沉默是动词,多出的败笔
它的往事沉溺我

说起此刻旺汛
产卵场的交欢
网如何伏击洋流
垂钓的小舢板
如何穿梭海面和跃上钓船的胸脯

灯光围网,光的诱惑
亢奋的青占鱼兵团
逐火于魅惑的虚无

流刺网
放大的网眼是随性的表达
鲳鱼该退勿退
鳓鱼当进勿进

拖网船有赎罪之身
酷捕的断章
旧网落空
对应是人工鱼礁
找回生殖的秘籍

帆张的涡旋
难解之谜
流皮带鱼鲜甜
留驻在食客唇上

台风季，船的倾覆
危险象限
从阎王暴到冷风汛暴
从乌狗暴到寡妇暴
每一个暴头都是难关
陈老大却把风暴折成纸船
放入孩童的梦

网掏空自己，表达忧伤
苍吞人淡雨回忆，她最恐惧的清晨
村里人号啕大哭和鸣锣报丧
死，离得很近

九

船说，在熟悉的海岸看见山和人家
就像看见亲人
一支箭找到靶心
如在书页上解开方程式

八月站在船头，迎来了今日的你
我的掌舵者，正与风浪对垒
黑夜劫持星星

你设置悬念，九种布局
用狩猎图钩沉长风
召唤族人
记忆的夜曲，爱拼才会赢
发亮的手在拼贴风景，属于你的月色

万古愁，小情绪
飞白处的伏笔
一旦引入人，便有大把的曙光
海就有了灵魂
嘴唇啜饮海朝廷的废墟
玫瑰私藏在眼中

今日，歇脚石浦港
你的第二故乡
安静的时光，卦象如水
额头开始发光
补给，一次高调的复活
正如他说：日子好不起来，但差不下去了

十

你知悉一座岛的孤独

止步积谷山
紧贴页岩的帆影推开歌声
鱼在空贝壳里听海

星辰隐于深海
压低天幕
出海,携岛一起远行
每一次鸣笛
大海愈发不安

鲸鱼,龙和铁锚同时跃起
划破水,又被水抛弃
遗落的水
仍是旺势里
褐色,翠绿和蓝色的一瓢水

篷帆悬空,岛静,风定
一条船频频回望
镜妆台里
剪不断的刘海
是思念,还是疏离

十一

岛用它的尾鳍
敲击大海的定音鼓,被海鸥叼去的涛声
是闽南口音的渔歌

鼓声是蓝色的
一块蓝玻璃
和另一块蓝玻璃
朝阳煮出渔光曲
你复述耕海的故事

鱼皮做的鼓面仍有海腥味
无数鱼在跳跃

茶歇的小烤虾鲜甜
前不久还在湾里游
捕捉,煮熟,风干
如今沉湎于鼓乐,再也回不去了

舞影零乱
触摸到了岛岸的律动
进入梦乡和鱼神的眼睛

并穿过我的内心
行走在另一片忘返的波涛之上

十二

敲击白纸的天空,用一个词
古典抵达新境界
只让码头张嘴

礁山港,唤醒旧船舷
浪涛覆盖港面,摘取旧冰塔的响铃
陌生的眼睛,耳朵怀春了

码头品茗,空舱的念想
递来远方烤出的茶香
杀青,揉捻,旧时光带着一只船
拜访另一只船
此刻雨中
云彩飞动,一片蔚蓝
你说茶渣里藏着沉船的经纬度

海天道语
弓背的船是你的手

在原乡史册里,找寻
银月亮的小心思

十三

你安静的模样,占有一种记忆
以泊船的形式说着大海

经历一场内心的风暴
潜入鱼的腹部
用帆篷拖回正在沉下的夕阳
此刻归航,失重的时光得以真正找回

你不再复述波涛
寂静,等于一种生长
休渔期高挂的方向盘和坠下的风
化成静止的舷
迷失于昨夜狗吠声中
港和岸变换景象
修船,织网,醉酒的异乡人
正一点点接近松懈的缆绳和帆篷
一旦被风吹鼓

定会发出烈马的嘶鸣

台风季,箬山港内
狂暴的风浪潮,你在写不安之书
陈老大是勇士,开足马力
顶浪,马的角力
绷紧的骨架,体内的吼声
捶打天空
狂怒浪涛戏剧性地陷入僵持
力的消解,入定一条船
渔港复归平静

十四

现实与回忆
渔妇,成天打听一条船的下落
你的航程始终在她的视线里

印尼班达海渔场
唇红的罂粟和塞壬的诱惑
一场风暴,溺死的海
陈老大开足马力,救援
舱内沸点的水雾在蹿升

失事海域，一柱长光
挣扎，哀嚎，如吼书
眼球反射出惊悚的绿光
夜之幽灵
捞上的求生者奄奄一息
身子冰冷僵硬
浇上热水，裹上厚棉大衣
冷与热触碰的声响
生与死突然透明
活着就是新生
此时，我的亲眷阿青
却被恶浪卷走
成为行走海底的鬼魂
他的墓碑朝向大海

十五

洄游
异乡和故土，漫天的想象
叙说生死和悲欢
它的过往，被天空虚构
无际牧场，木鱼声声

与一条船谈论大海

时空错觉,活着的都是幸存者

雨后的疾风
是弹奏的琴弦在截断海面
鳞光弯折
岛礁唱和的句群
倒影之上的翔飞
在云间和洋流间走失
你说,迷途是另一种抵达

时间的蓝白履历
来路和归途
藏起伤口,尾鳍变成桨橹
划过的航道图
从海湾到江河

你见证一条鱼的返归
梦中的灰海岸,源头和前世
暮晚岙头,一个女人仍在守望
导引线,倾斜的蓝
稀释盐
势头之上的决绝
一条鱼与故乡的一滴水相认

并从你的眼睛里取回海的空阔

十六

里箬水门，迎候你的回归
小海湾，晨雾萦绕天空
真相悬浮，乌浪鼓是虚拟的月球旅行者
如行吟的林默娘走失黑白大海
有人把金阿顶比喻成浪尖
抱紧第一缕曙光

远道而来的诗人
在船上和海滩敲出峰峦之火，升腾天际
跳跃间
灵魂之笔
正在描摹一幅帆影覆盖海山的画卷

十七

浪行天下
从独木舟到远洋轮
人，海，鱼的暗合

桅头旗化身鸥鸟
有先知的光芒
用十三种方式观海
经卷,钟声和渔场
看到了并置的庆典和葬礼
幻觉中的真实道场

鱼类安慰了大海和渔者
不存在的时光,认出了彼此
自我的反面,众生平等
生命的休止符停歇在茫茫大海
鱼,渔者和海
生命的守恒
你的倾覆,就是渔者的悲和鱼的欢
鱼亡,就是渔者的欢
渔者的死,是他在海里的另一种重生

取走天空
唯有不死的大海
哲学的真相
我的心,略小于大海

   2024.2.14

钓船生肖[①]

一

旧钓船倒扣在胜海海滩上
一如他的弓背
脸上皱纹刻满风暴

一双尚有蛮力的手
触摸老鼠挑
这位地涌夫人
两把长剑在手
狭小空间也能笑傲
想起古传"不上没有老鼠的船只"
那是船头精灵点亮的大海梦
这个机灵鬼

他想起早年三官暴[②]后
捕过皮色艳丽的老鼠斑
名贵与长相无关
不如昆仑山下

钓船生肖

那只靠背毛飞行的飞鼠
很早以前已成瑞兽

生肖
在皇历,渔场和运势间跳跃
这粒褐点,轻功了得
渔人眼里升腾出双帆和太阳

之后甩出一条延绳
洋流逆转
钓钩下沉
浮标和秋白跃进舢板
再后来,就成为无钩之绳
做一朵闲云

游走横木
褐点动,桅杆和海面随之亦动

倒八字的船角伸出手,翻阅玄学的史册
内心发黄
旧纸角掀起波浪

褐点终于站立成哨
寓言家的架势

二

只有讲闽南话的阿吉才能读懂牛栏派

谷雨到，墨鱼旺
观音暴前的一场奔赴
积谷山远退
时辰倒嚼
马力的加速度
源自牛尾巴

说起灌题山，满是磨刀石
拖着白尾巴的那父
喜欢呼着自己的名字
奔走于山水间

长着两只角的箱鱼
他在舟外渔场见过一回
五菱形，紫蓝尾鳍摇曳
像在牧场漫步

梁牛憨厚
缓慢而坚定
如他的一生
眼前的斑驳
和泛光的旧渔场一同涌来

他和他的梁牛仍在调和桄与杆
若抬头,招引一片鸥声

三

他说到老虎槛,我的属相

它是升天的镇西之兽
孟山晨鸣如雷

倾听是不够
眼下绳结成的吊睛白额
比不上虎面玉琮
仍有王者之气
白虎避邪
虎鞭无须入药

他说一旦抛出，逼退波涛
推开，靠岸
渔人扶绳上船

海上老虎斑同样凶猛
深海虎影，水印月痕
礁海区的独行侠
伏击好手

在船尾和龙骨间摆动
虎尾如桨
那年秋汛，他手持"单边带"
船队如猛虎扑食
从产卵场奔赴索饵场
回头带鱼满舱
如今，再无吉星助运
暮年的渔人
不足庇佑族人

四

兔耳，怎如尾巴一样长不了
垂耳趴在船尾

钓船生肖

大智若愚，这个另类

余峨山上犰狳
拥有鸟嘴，一对会飞的翅膀
装死，没做过好事
不如手游里的神兔
是个飞行家
每一次上升都会得到充血
还原玉兔，为月亮代言

他是本命年，犯太岁
海水喂养可避开暗桩
古谣曲里兔可入海
"月浮海上兔逐波"

他说，兔耳听八方
蹲守船尾断后
细数一路撒尽的碎银
逼退海盗，风暴和天敌

谷雨
他在落星岛外网鱼

熟悉的水文
流刺网垂直悬在海中
鲳鱼嘴
鳓鱼刺
屈原公暴后,泛起鲳鳓白

五

龙目,千里之眼
他记得那年造新船
两头翘的乌浪鼓
黑白船眼是阴阳
妈祖点睛
尾鳍掀动逐浪之旅

初三十八昼平潮
行雨的时辰
海龙伸出叶瓣状附肢
平衡潮涨潮落

章尾山上的那条无足烛龙
眼睛像橄榄一样倒立
闭合昼夜

最终化作十只太阳神鸟

星辰般的渔火
内心隐忍
替代渔人收拢月娘
又对视水中之鱼
从水舵到导航仪
从双帆到马达
衰弱的他和钓船还在追赶新时光

船首与龙骨间
翻动筋斗云
韧性就是内心弹力
用法术，把弓背之梁
置于一方海天
古书里的一页
节骨撞击节骨，源自
风暴穿过身体的声响
一柱脊骨长成竹山岛

六

说着闽南话的大蛇

与一条船谈论大海

匍匐海底
原是混迹泥涂的粗绳
梁兄说,意象鲜活
须先有画面
后必有动作
青环海蛇复活
驮着扇形大网
如食客张开贪欲之口
鱼虾的生死场

柴桑山上的腾蛇是个名角
兴云布雾
很大的武功值

夏至南风
水母暴,淡季
讨海人配豆咸

他说乌蛇有转危之力
一旦跃上内舷
玉腊之像复活
渔人敬若神明

蛇神盘旋,游满船身
在我手绘的波涛上
用镇海之宝
让一水漏网之鱼重回越冬场

七

马相,须昂首
且慢,先道马面
用倒锚做鼻子
渔火擦亮的船眼
"彩绘匀描黑白花"
脸谱开始生动
迎面而来的,是一匹盘锦绣的马

海马,马的造型
珊瑚礁丛踯躅
雄性身背育儿袋
渔者泡酒的好配方

马成山的天马
见人就飞
风雷中现身

马踏飞燕
如今四处可见铜奔马

岛礁沉思,悬于蹄声
消不了的旧怨
记忆的马帮
如何骑浪而来
马力的欲望和嘶鸣
会不会掀起一个新潮汛

八

羊角卜,给网舱问卦
渔妇和蜘蛛同织一张网
却被另一张虚无的网交织

网舱是盲盒
网囊是密码
计谋的集合
打开是惊喜,还是诧异
佛系的他渴望放大网眼
逃逸之鱼

这群异乡的渔工
终日在船上漂泊
禁渔期闲适
却不愿逆流返乡

羊鱼，长着两根长长触须
过着底层生活
钱来山上长着马尾巴的羊
身上的油脂能当药治病

转场的羊，无法打回缆纲原形
羊头抬起，形色不见云锦
他高血压躯体摇晃
唯有铁锚下沉
一枚神针定海
产卵场的利箭
刺向渔场的一次劫后交合
唤醒鱼骨

九

猴头，上树还是上船
比渔人还敦厚的猿猴

申时声音叫得最响
原是甘居桅尾的总滑轮
却是《搜神记》里的大腕
"猿搏矢而笑,抱木而号"

招摇山上的猿猴
长着通晓过去的白耳朵
直立行走
吃了它的肉跑得更快

猴面鱼,有一双机灵的眼睛
是个寿星,带来好运

台风季,暴风骤雨
转盘控帆,生死搏斗
须借助猴力
悟空转世,法力无边
盘转帆升
猴推磨的传奇
他说,船舱板隔着生死
最喜欢抚摸猴头
讨点好运势

十

鸡肚,这里不言小气
这只不会飞的鸟
肚里有乾坤
生活教会他觉悟和大度

海鸡,原是金枪鱼
远洋海钓的最爱

扶桑山上玉鸡
引众鸡报晓
呼唤日出

霜降水仙王暴
秋霜扑扑,大水没屋
初一十五鸡鸣涨
桅杆尾部空隙,事关船命
谁去填充
鸡有决绝之心
舍身投入
如飞蛾扑火

让风帆牵引夕阳,越过星辰
他说,终生不食鸡
对鸡神心存敬畏

十一

狗齿,在船首传动
四只白齿咬合出角速度
船头跳向船尾
往事如烟
狗腿发力,浪涌如犬吠
船尾弯曲上翘
非同凡响的平衡术

玉山上的异兽
狗样豹纹,叫声如犬吠
人见人爱的吉祥物

海狗如神
行走船头
渔者行注目礼

立冬考舩付小雪

钓船生肖

狗的节气
他的钓机
沈家门逆风北上
一水秋白旺汛

十二

不说龟壳，鹿角
只说猪笼仔
这个乌将军
鼾声洪亮
有压阵之势

上山，是柜山助人挖土的狸力
下海，海底行走
像一个翻动洋芋
一碰渔网
便裂成凝胶碎片

它用风雨做巫术
把飞行的夜色和帆装入自己体内
帆升
在我涂鸦的天空嚎叫

帆落
烈日烘烤自己

我愿做一只
游走
钓船,大海和人间的动画猪

生肖带来好运
陪我一起出海,一起归航

2023.9.16

注释:

①钓船生肖:渔民习惯用十二生肖给钓船部位起名,以图吉祥。

②暴:海面起大风称暴头。5月上旬称屈原公暴,10月上旬称水仙王暴,10月中旬称三公暴。

辑二

渊源

镬火颂

引

元宵灯火旧乡风，
箬地乡风却不同。
底事村村扛火镬，
麒麟山要火通红。
　　——[清]陈策三《箬山元宵扛火镬竹枝词》

一、跋涉之火以妈祖的名义高高举起

石塘麒麟山
把角力善恶的跋涉之火，以妈祖的名义高高举起。
缓潮把避风港汊，错落成扼要之地，
招引延绳钓作。

"十八家山泉"的清冽，北迁闽南人止步于此。
朝代依次打开，
从石塘桂岙到惠安垵头，

与一条船谈论大海

从清代复界到明初海禁,
添加等于删除,
反向述说一段正史。

风,携带香火走在涨潮晌午推开的岛岸,
一个族群灵魂的安放。
从房檐影壁里走出,
身披五彩,
被火镇成吉祥物。
鸡鸣山用汗坑夸大的潮音,描述龙与麒麟决斗,
麒麟喷火,胜得出奇。

又一场争斗,狮子与麒麟为成妖的小岛球缠斗,
术士刚镇住狮子,
麒麟又喷火伤人。

民众困囿于传说,灶火纷纷置于门前,
麒麟山被大火圈环绕,
火镇麒麟,它从此安静。

再喷火,则成祥瑞,
歧义学的表白。

筑海为庐,渐多的镶火是下凡的日公,
被林默娘点化。
山野与都市,于火盆处见大马金刀,
相较内心忍耐,须用圣火,
写下灶台的希冀。

二、波光穿过迟疑和湾角长出栀子花

在封尘的疼痛中,穿过梦境探出山冈,
燃烧骸骨的额头,
蘸着青占鱼刚刚用过的海水,用过期的翅膀
写下虚无。

被海风梳了又梳的毛发,藏着一个大海,
闪着粼粼波光,穿过迟疑和湾角长出栀子花。

早醒的麒麟山,
运势的星象师,召唤灵魂,
占卜风暴,暗礁,红尘和春色,
被它饲养的村落,市井,码头,石屋和民众,
从波涛中醒来,
活在永世。

打㸑舀,取火之地,
被闽南林氏后裔打造,有未知的气场。
我第一次占有你的景色,阳光落在左侧山坡,
舶来的闽南风情,另一个自我的重构。
旧年的街肆和故园,
仍有七星灯和流水在山谷上漂,
最终沉入星空。

她用三角梅的腰肢,
发髻上的网罩,羁绊她的男人,
幻象的石屋,
水火交媾处,
定是抢火的原点。
红釉,像一粒呻吟的渔火,
装入眼睛,
在水中风化,遗失在朝阳煮海的蒸腾中。

我没有看见这些光亮的事物,也没有见到你。

棺材屿的砍痕,克制的斑斓,
那是他倾斜的梦呓和暗夜味蕾,

进入他的内心,又在洋流间走失。

你是第一个烧海的人,
你的到来,水流开始转弯,加重了云雾,
加重了时间,
久候的网,撒在蓝衣正在漂洗的漩涡里。

镀火若归于寻常,
死亡便布满海角和山冈。

一张被哑语洗劫的脸,返回灶坑,
或切入木鸟鸣叫,
如牛的反刍,接收火光返照的酒盏。

三、密谋一支响箭穿越幽深山谷

用闽南口音辨认故地一页卷宗。
两根竹竿,一口火鼎,开道,
"妆人"踏街,
必有"火鼎婆"煽火喜跳。

火在你的眼睛里诞生朝阳,
也会熄灭暗夜里练习波涛的渔火。

与一条船谈论大海

尚未脱胎,
扛火镲早已换骨,长成箸地名片。

一条船栖息在太阳树上,
志在抢火的发起者,
密谋一支响箭穿越幽深山谷。

一粒火,被妈祖捧入人心,
从此有了神性。
烛光,渔火,灯塔,船眼,人眼,
纷纷被这粒火吸收。
它带着光环,为它们加冕。

这粒火从灶台出发,
途经山谷,海岸,祭坛,
化为麒麟之火,住入人心。

先人一步,抢得头阵。
名叫"掼头"①的几位,
正在策动兴建村的民众,
为村落抢红火。

一套锣鼓,两人抬火镬,
沿途各村放鞭炮响应。
次晚,响应村加入锣鼓和火镬。
第三晚,再加一杠台阁。

黄昏浮在添加众声的海边,
涛声和鸟鸣喊醒神灵,
众心在宏大叙事中开始柔软。
火镬终于爆起来。

四、戏里戏外皆人生

不夜天,鼓乐齐鸣,
一切如新,
它透亮,眼睛打开霓虹。

火的追随者,植入人心的经典。
在巡游队伍中,最抢眼的是台阁。
一座楼阁在走动,
一部剧目在走动,
追剧的人群在走动。

选剧者是高手,

布景，再现剧情。
他们有稔熟的手艺，
传统的尽头，古装入戏，
电光，让台阁透亮夺目。

里箬村的《红楼梦》一幕，
读西厢，
少男少女扮相，
贾宝玉，林黛玉再世。

淡雨在回忆时，被自己感动，
百里挑一的小演员，亮相台阁，
红扑扑的脸，扬起的嘴角。
至今，风干往事包裹着一团火，
仍有七种表达。

渔者，游走生死边缘，滑稽戏里笑一回。
护送火的火鼎公，火鼎婆，
一张刷白涂红的脸，
每一次遇见都是一种造化。

恃地戏走街，一众队形，一段故事演绎。

大闹天宫，人物登场，
少不了丑角插科打诨，
反穿皮袄的猴子，穿蓝布短褂子的书童，
戏里戏外皆人生。

五、一条发光的大鱼在飞

大奏鼓擂动的涛声，在人海中，
一条发光的大鱼在飞。
披红挂彩的鱼形大船，
是两头翘，三桅杆的乌浪鼓，
六个背仔划动桨橹。
巡游如洄流，
依然是转战渔场，招来风云，
被高举的渔灯，在火焰中起舞。
返回大海集群，被洋流和火牵引，
翔飞出流动的色彩。

断后的船尾灯，
它动，巡游就不会停歇。
大红楹联飘动，
"顺风得利，连年有余"。

给船尾绘上双凤，取意吉祥，
船尾扇动洋流，
叩拜天，地，海三神。

霞光，那多出的一个，
从火焰中分离出发光的事物。

尚未煮熟的夜，
黑色海堤，夕阳很孤独。

锁不住的火焰，犹如空气压住了唇，
你的词语在当下时空里活着，
却在来日伤怀里死去。

六、残骸余温里一个迁徙族群的魂

山野因狂欢而起伏，
巡游，于山谷石屋，舞出一圈又一圈。

蹿升的火焰牵引人流，
上下街，打爿峇，里箬，山头顶，天后宫，
人山人海。

镀火颂

一群岩礁般铜红色的马,
奔跑在山谷和浪尖之上。
穿越洋面的烈风,消逝于蒸腾之海。

麒麟山,镀火和灯塔,
火的身体在燃烧,
身体里的火在纵情。

镀火领巡,一支混合军团,
海山的图腾,逐火逐浪逐天。

猩红的灯笼,被风吹成光的残喘。
凌乱的歌声,撞破月色,
火盆里复燃,
枯萎的渔火,为远山招魂。

巡游的终点,是隆重悲情仪式的开启,
胜海海滩,
此刻有了神谕的使命。
敲击大奏鼓迎候亲人归航的是它,
小人节倾倒彩亭彩轿余烬的是它,
倾倒镀火残骸的是它。

它必然是通晓生与死的神秘之境,
替代族人,
与大海对话,
与神灵对话,
与葬身大海的祖先对话。

镀火残骸护送至此,
持香巡三圈,
残骸缓缓倾倒,被海浪卷走。

人们肃穆,没有颂词,
唯有起伏的海浪在诉说什么,
我似乎触摸到了残骸余温里一个迁徙族群的魂。

2023.11.2

注:
①攒头:指有号召力的民间活动发起人。

石塘七夕节①

楔子

  大海时而温顺时而狂怒,生命边界模糊,画船的海边人在读不安之书
  来自天上银河的神力变成男孩女孩衣衫上的七彩
  带着血源的闽南风,俗成的温岭石塘七夕小人节,泊在非遗册页上
  一张写满海山密码的白纸,复述成长和庇佑
  大奏鼓声从戏曲剧情中退出,有心思的玩偶道出扎亭者的纸糊人生
  渡己渡人的虔诚者,供奉恰在涨潮时
  纳祥一旦长成节庆,浸入血骨的传承定有续篇
  一轴异质的民俗风情长卷在此展开

第一卷 契②

  圣女降临人间
  无知童蒙
  莫不赖其佑护

与一条船谈论大海

供奉瞻仰
闽浙之地
代有所习
……
——引自《七娘妈[3]诞辰颂辞》

1

从第一声啼哭开始
接受母亲和
另一个母亲同样慈爱的目光

"把孩子托付,祈求您的庇佑"
"这是我的使命"
一个婴儿的新契
一个迁徙族群的习俗

落星岛对应的宿星掌控银河
小舢板天空摆渡
一条无限延伸的针线替代鹊桥
那是遗落人间的珍宝

此岸,是母亲温情眼睛里的波涛

大海摇篮曲变身一纸契文
延续至今

彼岸,是高举星辰的七娘妈
传说的七仙女
写在天边的故事
天仙配的剧情被摩睺罗的神童替代
正在复活的玩偶失却了信仰

2

看见流星
是我头顶滑落的纱巾
这一小片朦胧
遮挡住梦想和我半张不安的小脸

我不明白大人如何在浪尖骑行
无法描述

只知道
还有一种神力
能让风暴转向
离我而去

藤壶记载成长印记

我和浅浅的浪花及小鱼一起成长
云雾里牵着虚空的手

不可复述的航标
族人的心愿
在梦中相见
我们推开岛岸
开始漫长旅程

3

能表达是现在
你们手绘的星辰
是我满金亭的十六岁
洗契的日子
那个身负背包携带雨伞远足的书生

4

他闭上眼睛
海寂静了

一朵浪远离另一朵浪
顶直浪的船并排而行
小心横浪袭来
从产卵场到越冬场
闭目叩石
开启一个新鱼汛

正静思
又一片波涛涌入岬角
海在我们头顶之上
把风浪的交织
船的漏洞织进身体
又被复调的声音和远方高张的帆覆盖

5

他有很多心思
不再错过太阳和星星
愿是个可爱的阿甫狗[4]

生命力爆棚
奔跑于海岸

褒歌[5]

古风承重峦
新章亦叠翠

七夕俗成
箬地扬名
渔船翔集
鱼虾飘香
助力成长
好事登临

第二卷　戏

甫值智慧开启之时
导群童于方便之门
拨迷蒙于崎岖之路
……
　　　　——引自《七娘妈诞辰颂辞》

1

"小人种田秧,今日满金亭"
闽南风满金亭
如为夜航的渔船寻找一座灯塔
亮色开始纷飞
三层台阁玲珑剔透

底层是个花园
中间供奉七娘妈
"上天奏好事,下界保平安"
好一个虫二亭
风月无边

半山半海停在空中
尖顶飞檐
屋脊两端,鱼龙尾巴冲青天
亭上的云和荷花
剪纸
一刀刀慢慢镂进

亭上插满各色纸人

表情
演绎出一个族群的血脉来源

2

他有稔熟的手艺
百宝箱里藏着世界的美好
玩偶人生

打坯
胸有成竹
把弄一竿竹
锯成一段
劈了又劈
削去多余
一根根细签做成

一筐纸头取出
折叠人物躯体
这些没头没衣没名的小纸人坯
如他坐在深秋的折痕里

印头

这是他的拿手好戏
祖传的陶制模具
头模
用上好青丝泥成形
晒干，涂粉，上色
一具具没五官的头颅

开脸
定制戏曲人物形象
画上五官
生旦净末丑
为旦角画上弯眉
为生角画上直眉
脸谱开始传情

小纸人坯安上泥头
配上手脚
用皱脑纸和绸缎做衣
头戴盔甲，手拿金箍棒的孙悟空
身披白色缎布
手执净瓶和杨柳枝的观世音
眉毛上翘，白粉涂在鼻梁和眼睛上的小花脸

3

他用竹竿扎架,纸绳系结
彩纸糊亭,贴上装饰物
依照曲目
在三层彩亭上安插各色纸人

九仙出场
四大金刚站四角
哪吒,李靖,杨戬,观世音
栩栩如生
孙悟空挥动金箍棒
大闹天宫
引起众人喝彩
一部剧开演

褒歌

早起思大浪
螺角迎太阳

匠心独具
巧夺天工

彩亭彩轿
戏里戏外
男孩女孩
金榜题名

第三卷 祭

金风玉露
景美辰良
爰设醴酒瓜果
敬祝七娘妈圣诞
……
　　　　——引自《七娘妈诞辰颂辞》

1

七夕清晨
供桌摆上彩亭彩轿和一众供品
琳琅满目

糯米大圆
小人节的信使
七月初一

大圆送给不过小人节的邻家
上山的亲眷
大圆成为请帖
邀约亲友来过节
捎回礼物叫"回篮"

2

那只雄鸡
有别同盘"三牲"[6]中的
一刀猪肉和一条黄鱼鲞
赤裸着被掏空的身子
把头埋在翅膀里
一副余生沉思的模样

假如它活着
或在门前屋后闲逛
或展翅试飞
如刚十六岁的小伙
站在山岗，面向大海引吭高歌

它已失语
你务必给它重新命名

石塘七夕节

一个渔汉子的名字

那个糖龟
"四福"中最具多重面影

把海浪和花鸟刻入
长方体内
讨海人浮雕般的人生

一块方砖
一旦砌进赭黄石墙
我感觉到了疼痛

带上它
从一个渔场到另一个渔场
佐以海鲜老酒
渔者的额头棱角饱满
烈性的渔歌唱起

那个苹果
摆在五果的中间
如一张红扑扑的脸

果香变成少年

假如挤压成海水
身体里的波涛
翻阅成一面掀动纸角的里箬海湾

它的技法
象征主义
总想给人以踏实的意象

那束索面
居六菜之首
盘子里的它
被磨粉,水煮,搅拌的过往
晒在竹竿上
风干了
如今咸腥味的渔村
成了供品
再也回不去了

3

斗柄所向

七娘妈的传奇
"七"的对应物

七盅酒
手执酒盏，仰脖，倾倒江海
掀动一水鱼汛
钓黄鱼，醉山
好一阵蛮力
归航

七朵花
小炫翰昨日跑遍山山岙岙
采摘鲜花
栀子花，祖母发髻上开出的花
三角梅，石屋墙角的一堆火
七种鲜花，七种心愿

七彩线
彩虹挂在脖子和银河上
七夕换新线
换出好运势
你的七彩人生

七支香
属于少女炫翰的彩轿摆在供桌上
七位圣女从纸牌位的画像里走出
分不出彼此
却一样的慈爱
炫翰妈沉湎于想象
同时供上七支香
嘴上念念有词
香烟缭绕上升
轻盈，婉转

喜乐蔓延
不一般的生命

褒歌

闽南风又来
海山留风情

家备珍筵
香烛摇曳
举家祭祀

义礼续传

感恩生活

吉祥安康

第四卷　祈

海天茫茫

水波不兴

月华朗耀

旭日照临

七夕盛时

人天共庆

……

　　　　——引自《七娘妈诞辰颂辞》

1

癸卯年七月初七上午

温岭东海村

天后宫在左，箬山港在外

36张八仙桌方阵

彩亭彩轿，供品，烛台

36位童男童女列队

观者如云
小人节祈福典礼展开

两对母子敬献祭品
主祭三度上香
族群长者用闽南话朗读颂辞
"秋菊播芳之月,七夕祈巧之日"
列队儿童齐唱歌曲
"七月七日这一天
海浪拍岸的石塘
一个千年的节日
一代又一代梦想飞翔"

祭拜行礼刚毕
大奏鼓声又起
打胯扭腰
狂舞
推高的剧情

观者讨要彩亭上的小纸人
彩亭彩轿投入七个大铁镬焚烧
火光冲天,献给七娘妈

残骸倒在后岩海滩
魂归大海

2

我年少时最盼望过小人节
我们和七娘妈过同一个生日
长辈想到是为我们祈福
我们最关注可以吃这么多好吃的

现在返乡观礼
当年的发小成祈福的母亲
想的是为孩子祈福
而我母亲不在了
就像在铁镬里焚烧亭轿
化为一缕青烟
我由此感叹人生

这是一位外地返乡者告诉我
我熟悉她的脸
却记不起她叫什么名字

褒歌

鱼跃享千秋
节届齐献颂

曙光圣地
祈福纳祥
喜从天降
四邻八乡
集会同庆
祝贺连连

2023.10.15

注：

①石塘七夕节：当地称为"七夕小人节"。系国家级非遗项目，是中国传统节日的活化石之一。

②契：源自闽南民间习俗，婴儿出生就托付给七娘妈，相当于有了新契。

③七娘妈：源自闽南民间传说，称七仙女为七娘妈。

④阿甫狗：是对好孩子的爱称。

⑤褒歌：源自闽南渔区的民间小曲。

⑥牲：指供品。

大奏鼓记

一

指挥家的手从空中落下
大奏鼓敲响
鼓点打开岛屿,船只和星辰
妈祖给出的蔚蓝
已化为变幻激越的舞影
鼓面上的千里波涛
鼓面上的海山风情
鼓面上的石屋如神

二

闽南风,车鼓亭的"特地故事"
在时空中缓慢转身
一个族群的迁徙史
渔人,台阁,大奏鼓,渔船,海湾
它始终位于中心
无数事物途经它

大奏鼓推高众声
狂草的浪头，旋律开始发芽
小园古藤，沽酒的鸥影长出羽毛
礁石，草木和人群
融入鼓声舞影

一纸夕阳，劫持星星
它悬空，仿佛回归三百年前

三

海天魔术师的色彩
涂抹饮海的人
斜襟蓝衣和灯笼黄裤的暗合
朝阳煮海，光芒细碎
蓝色绸缎旋即成为一片海面的金黄
鱼族王者
被蓝海和舌尖描摹成五觉
此刻正游在舞者全身和观者眼睛里

四

鲸歌响起

黑帽长出的羊角舞动
用幻术负载使命
移来一小块草原
时间种出的花，模糊边界
跳跃，旋转，从午夜到清晨
他的思虑靠着石坎和乱书各自走失
在里箬
水门的吞吐小于绳盘
用捕捞的法术将帆篷推远，又扯回
前世预设灵魂

五

男扮女装
用红圈白脸取悦山水
替代跌宕
银月亮给手脚和耳朵画圈
五环叮当作响
拔高的措辞潜入舞影
血性之岸和阴柔之雨
都变成玩耍人的表情

一条飞鱼在空中和水中翻飞

鼓声分散中心,彼此拱手道别

六

入场
一条鲳鱼的轮廓
如洋屿岛外掀起的春汛
打胯扭腰,双箭翻浪
小踏步
被赤脚渔婆踩过的海滩
里面有螺鸣
退场
一条船的形状
一潮好水,归航
蓝色的摇晃,犹如坎坷人生
比描摹更迷人的楔入
渐入我梦境的岬角和收纳风浪的眼睛
并穿过我的内心,抵达另一个激越

七

指挥家的手从空中落下
鼓点调动现场和洋面情绪

唢呐入调
合奏出海的轰鸣
平鼓声中
故事悄然开始
转动大鼓
海面渐渐开阔

桅杆升起来
体内豢养的风暴和孤单
掀起血潮
舟楫在大海中颠簸
狂野狮子，晃动海天

八

它是一条会思考的鱼
居于庙宇和大海之间
领舞者手持的木鱼
竿头飞动开路，转位
独特的鸣响和舞姿
就像逐浪于峰谷的一群奇幻彩鱼
又如在海面猎猎作响的桅头旗
引领一支船队转战渔场

一条黄鱼的造化
它的鳞光是一种声音
敲罟又敲木鱼的舞者
与观者同庆
于海滩，码头和舞台之上

九

脸的铜金
空中投下的光
锤打铜心，钟声悠扬，在海面奔跑
一条念经的旧鱼在咚声间被唤醒
铜号又如一弯古月
摘取耳朵里的啸声
悬于庙宇廊道
斋食的钟声响起
与钹锣一道召唤热情
从十门到半月绕八字的舞动
百年紫藤挽着浪花一起合唱
铜钟是调和旋律的高手
是照应
是禅定的心

十

指挥家的手从空中落下
大海深处的回声重又叩响
招魂的鼓
小海滩回旋的渔歌
盐是渔者风干的苦难
被月光收留
他在续写年华
舞姿依然轻盈
夕阳滚落祖先迁徙的泪
鼓击声腾挪岛岸
胸腔里的马群，对月伤怀
又从镬火体内奔出
奔向大海深处和海山人的内心

2023.11.22

辑三

具象

里箬

引

旧德溯东湖俭勤世守
新支衍箬屿义礼家传
　　——陈和隆旧宅对联

一、金涯尾路 39 号

一个迁徙族群的印迹
在石坎，石屋，石路叠加的山冈上
剥开粽叶
撞见半山半海
在手绘地图上
这是缩小的一个点

我来到，拥有一个孤悬的海角
假如我没来，海湾寂寞
只有他在说话

为海山写传

那山，有浪的形状
那海，有山的沉稳
箬叶依次打开
外箬
更多的故事
是大海辽阔的一部分
是闽南口音的渔歌唱响

二、小海湾

石坎是潮间带
波浪之上的石屋群
你的曲线延伸了滨海庐的想象
他发音时，舌面后部隆起
海水从这里流出去

只有星辰的马达响起桅头旗语
旧梦停在半空
篷帆拖回久违的夕阳
我尚未抵达
他已经醒来

怀旧鸥鸟删去多余的词语
沽酒的小园
波浪在交头接耳

滩头舞影零乱
后生醉山
小海湾才有他张扬的个性
平潮，退潮，再涨潮

三、陈和隆旧宅

"依山作屋，架海为庐"

石屋，一枚东海岸边的妈祖印
凹进旧时光
里面海水深邃
迷魂阵般布局
住着海神

凸出，是一斧子砍出石屋锋利棱角
几何图形耸起一个城堡
高高的炮台

几个枪孔，有着幽深的眼神
复述它的不凡

雄性石屋
是鱼骨垒成的鱼礁
屋顶的双喜闪着片片鳞光

我再次造访，一个人的城池
赭黄石屋
陈和隆传说
被一抹夕阳
染成印泥的血色

四、又写紫藤

她是一个叠词
一袭紫衣
从蓝布幕里走出
为春天播报

她慢慢伸出身体
倒悬
一张透亮的嫩脸

你看到她的翠绿
她看到的是一方蓝天

一只旧瓷瓶
住着她的身体
紫瀑招摇海天
今看桅头旗
明天又写落花词

百年紫藤吐新枝
年年老来得子
童心不泯
她的主人今又何在

五、水门

不是你
是潮汐的呼吸倒逼你的存在

石屋下腹空空
一种海螺的鸣响
吞吐的是浪花吗

不是浪花，也不是帆
是更辽阔的海面
信风旗伸出的手
触摸到了风的前额

那是一只鸟
把渔火视作灯塔
又不是灯塔的鸟

它的开合是一种省悟
吐出胆略
吞入钱币
水门洞开的空阔

一滴水远走高飞
一滴水流连忘返

六、大奏鼓

滩头
覆盖涛声，一群鱼在跳舞
又踩着鼓点逐浪而奔

蓝色的海，一条条金黄的鱼游走在
海上，空中和身上

它抛出七彩
缤纷成味蕾

只有那群披彩的青占鱼
才能打胯扭腰
碎步
如网中的鱼群变幻跳跃
灌满小海湾和观者的眼神

七、渔妇

石屋拐角
坐在风景中
闽南风吹来的扮相

盘旋而上的是发际间的渔歌
讲述她的过往和她的男人

栀子花，升向天空的帆
帆影里的泪水滴成盐

血性垒积成幻象的岸

把她的发簪比喻成桨
把她发间的网罩比喻成渔网
把她的碎花衣比喻成朝阳煮海

她坐在石屋拐角
久久望着大海

渔场在沉思
近岸一条鱼跃起
伸手抚摸这张小月亮的脸

她将桅头旗高高举起
入梦
就能招来一支船队归航

八、剪纸

展馆,海,剪纸

拎起一面海
拎起一张纸

剪刀是他手握的桨
划开又闭合

剪出一张纸角掀起蓝色的海
裁出一面流水敞开红色的纸

空白处
涌来石屋，渔船和出航的渔人
撒大网，还是鱼满舱

他已不能从画面走出
再也剪不掉内心的多余

九、码头

十月微风，黄昏停在码头
一只归航的渔轮在卸货
三个月前的一个黄昏
禁渔期
也看见一艘货船在装货

他看到潮涨潮落

回忆也是这样
梦中或下一次亲眼所见
归航或出海
这里没有停下的脚步

十、陈和隆小传

入德之门
紫藤花开,记起旧年造访
时光流转,遗忘的不是我

时光依次打开,我不在
竹枝词和涛声共鸣,传奇被写入诗行
从族谱里追寻着迁徙的踪迹

筑层楼,建杰阁
小园怡情
陈和隆,陈策三和顾岐
与琴为伴,与诗唱和
花解语,鱼多情,鸟识趣
追逐酒香
此情此景游走画里画外

一个传奇
星象在他体内和海山闪烁
如出海人的魂
已化为如歌岁月

十一、一个文人的妙境

拥有一个海山
海山拥有一个你

网红的去处
你来
喝茶喝酒，看海观剧
他的分行泊在一张白纸上
若挂起，镂空之处的波涛
人和鱼出没

从灯光围网到小人节
从大奏鼓到扛火镆
多维度 3D，沉浸式 VR
编成一部剧，让人追

他又在想象，浙闽文化融合街区

博物馆
一幅民俗风情长卷
动人的细节
它的历史，习俗，山水
须一次重构

   2023.10.29

石屋断想

> 陈策三《箬山风情竹枝词》有云
> "层层房屋鱼鳞叠,半住山腰半海滨"
> ——题记

一

天眼里的石屋,孤悬四维空间
长出温情的翅膀
扑向天空,扑向波浪
水中列车运走闽南风

火山熄灭微尘,藏着他的身世
时间苍凉
一本词典,岩体的亮光
风的迅捷和凌厉
敲击和锯开疼痛,散落在时间的山坡和岸边

从鱼的肌间骨
船的龙骨,渔夫的肋骨

与一条船谈论大海

取来支撑和力量
那是石屋最坚硬部分

二

石屋的晨光,垂死的觉醒
那些赭黄的隐忍
有着浪的形状
被不可救赎的黑暗抹去
夜和夜一起埋葬旧时光

石屋如舟楫,音键,山羊
在海山跳跃
舟楫牵来半片蓝海
音键弹出深长音符
山羊让山冈和岛岸走失
蒙太奇手法
吸睛的打片峊
是蓝海,音符和迷乱山野翻新的旧景
此刻
正从央视渔村小叙和吴冠中的画轴里醒来

三

触摸沉默天空的额际
石头抱紧石头
长出情绪
返回柔弱,缓缓走向死亡低谷
又直抵峭壁,把自己的头颅高挂于碧空
出走和返回之间
总响着一支温暖长号
幻象序曲
顺着渔妇小心思
在大海与男人之间来回奔涉

粗犷群雕定有柔软内心
变成一朵浪花开在阿妹嫩脸上

四

描摹鱼礁,等同书写石屋
渔与鱼者,互为对方
加大的马力和渐小的网眼
死亡般的底拖
穿越镜面,篷帆和海底

生死密语

岩腹之门,时间的下一秒
举着鱼化石
如一根根骨头,长成渔汉子

从石屋到鱼礁
从一缕光到一滴水
从进城渔者,到鱼群
从海风中打开石阶
到骸骨之上的鱼群
从鱼敲击石壁
到入礁丛求生
从默坐石槛遗忘光阴
到踯躅码头等不回亲人
从命运无法锚定
到生活难以赋形

五

输入蔚蓝,渔歌和依恋
石屋有了垂挂天空的光芒

石屋和我坐在山坡上
时光在这里悄然停歇
海子的愿景依次打开

风辗转于山间石屋
复述海朝廷的往事
大奏鼓，扛火镬和小人节
陈策三、陈和隆和顾岐
惠安北上的迁徙和族谱
敲罟和石屋名匠的消逝
坟场之上，鱼与渔者的生死交集

石屋在泛黄的册页上
写下苍茫
让海天弯曲成渔谣
复活的赭帆放牧在波涛之上
台风季，沉船和破屋
无月空间
屋的内心，有别于粗粝的墙面
血腥的记忆进入你泪水盈盈的眼眶

六

落日,飞雪,蝉鸣
苦涩的海一点点裂开

石屋营造学说
从补苍天顽石,到传神的石窗和浮雕
石头开始舞蹈

"屋咬山,山抱屋"
石屋与石屋之间
放飞鸥声和人影,互赠一枚月亮
石阶梯逶迤,闪展
每一个回转,都揣着一个传说

走马楼,四合院,碉楼
三间张和五间张
大厝,红砖白石,红窗格
一抹红色,闽南胎记

方正的图案,厚重的法度
乱石,自然生动

石屋断想

狂舞的浪涛
力的意象

石栓撑起两层石墙
藏了一颗温热的心
石墙伸出的木棍，垂挂索面如三千白发
海山人的浪漫
四角和边沿
"横要平，竖要直，三顺一个丁"
砌墙，上门，架梁
他有稔熟的手艺
造屋如人生

石屋把人和欲望围入
喧闹的大海便趋于安静

居者喜形于色
石屋依然沉默不语

"月娘光光，建屋亮堂
大姑小姑，赶来梳妆"
闽南童谣悠扬动听

七

向上还是向下
削峰，填谷

石坎是正在生长的一种礁石
若在海中回望
如排浪，气势如虹
在石屋之下，海之上
腾挪间
又在石屋之上，海之下

石坎是无名的勇者
坚守底层，如来自异乡的渔工
与风浪搏击于茫茫大海

剩下明天
非线性叙事，只能
在黑夜占卜问卦

八

压石的双喜

顶上风光
被暴风雨抽打成渴望撞响的铜鼎
接受海啸血性的洗礼

把自己交还天空
石屋长出鳞片在涨潮上升的涛声里
与桅头旗和鸥鸟交谈

俯仰间,石屋倾倒海天
黑瓦,褐石,碧海,蓝天
统统砸入你的眼睛

九

云层正堆积,星光因风的研磨而降临
我听见海的心跳,无理而妙
民宿,我用好词写你

鱼栖里的一团火
点亮海山生活
一片梦幻荧光海
无数"追泪人"奔赴海岸

家筑海空下
给渔姑扮装,起个诗性名字
日出三舍的隐想家
爱琴海边听海
石屋沉思,隐喻的妙语

石屋,勇毅的锐角劈开苍穹
天空便多出一些星辰
又在波光啾啭声中苏醒
招引不再迟疑
当它遇见诗和远方
蝶变成文宿
变幻出赭黄和蔚蓝交织的神采
只为浪迹海天的人心铸魂

2024.2.19

井·水势

一

井活在水势，人烟和岁月里
岗头和岙坑间
泠泠水声
挂在狭长山谷
高处触及天庭和云彩
低处是迷悟的入海口
似水流年，漫过庸常和苦难
一滴水承载岁月催动沧桑的晨光

二

箬地的第一口井
掘开一个族群三百年迁徙的起点
一众又一众新客到来
地无三尺平
落脚点，从探泉开始
水势若隐若现

山谷行迹,是我梦的航线
拓荒在水脉之上
挖一口井,如布下一局
石屋围井而建,形成村落
水从自己身体上分离,又重返自己的身体
看不见水
水在屋底汩汩流淌
暗渠藏着秘密
一滴水的修行
井如神,静坐在村头
风物旋转,周遭有了秩序

三

石屋,村落,人烟
如岁月的云梯
越过山脊
徐徐展开长长画轴
白鹿轻跃青崖间
最初的水开始说话
如崖上杜鹃啼鸣,恰是斜阳落晖时
历经风雨,才有水的甘洌
误读红尘的人

还在寻找前世的意义

四

屋之下有氤氲,雾气缭绕
化为清泉
给饥渴的愁容以润泽
渔家枕着水声入梦
异乡是家乡
闽南风俗流传
如在乱石和乱世中穿行

五

老屋产下动词
用自己生命,喂养海神
他看见了桃花
失声的半岛,一支笔陈述流水
是海月对往昔的幻觉
海事充满温情
不倦的海风在寻山
水势从我掌纹里奔涌

六

半边天空
放飞云彩和星辰
递来水桶和众生相
同一个少年,青年,中年,老年的脸
坐井观天
坚守水线,任人取用
如人坚守底线,做有用之人
水的器皿,兑入火焰,暗夜,雾钟
时空开始变形
水桶,上下摇晃
如竹篮,打捞虚无
黑色沉入黑夜
迷恋沉默的海

七

石砌的圆井,方井
月亮还沉在底下,未曾升起
众人排队等水下锅
吊起井中月亮
如捧回一盏渔火

井·水势

生命是冰凉闪电的手迹
招引火,照亮烟火袅袅的黑夜
井在天空的倒影里顾盼自怜
因思念而有了落差
才有缓慢的弧线

空枝,触摸云彩
压在心口多年的枯井
坐在暮色中
懒月亮,旧灯塔
安分守己
不想载舟和覆舟
也不图涌泉相报
而死亡趴在井口和你的杯沿上
反复淘洗海山人的苦难
失措的桨和渔夫,返回大海

八

残缺海水与完好的帆
总有哀歌响起
大海失眠
焚香,吊水一桶

与一条船谈论大海

为死者净身
圣井,为亡魂超度
无数的意识体,飘浮空中
叩问苍天
是生命,还是颂歌
赋予冷尸新的温度

九

厝井,屏幕入夜
石屋构建风的形态
抬高的阶梯
如七月乌浪鼓,丢失小舢板
在海上寻梦
井泉之上
吹来闽南旧年的风
打卦峇街口
一口方形吴厝井
清代甘泉刻字和梅花图徽
讲述族群过往
迷途的航海
醉舟的信天翁消失暮晚
岬角孤寂

井·水势

水第二次流过
汲水人何在
邀约内心潮湿的雪花
认领自己的姓氏
缓慢的弧线消弭了忧郁的山影
一滴自来水,让老井隐退
箬山公井遗址成乡愁

十

东山六角石井
闪亮的身体是时间的钟摆
蓝色视角
每个方位都能唤醒海的良善
渗入井水声音的彩带
卦象和水系
澎湃的潮音
来自石屋,石路,石井的奏鸣
它用斑驳,呼喊山野
画外音,成了祖先的倒影
我和回乡友人寻访
斜坡上的古街
五六位梳着发髻的老婆婆同时探出头

挂着笑脸,用闽南口音认亲
井是变迁的见证,复述沧海
在盛满自来水的茶盏里复活

2024.4.10

箬山味蕾

一、龟

假如他出走,游向大海
折返的乡愁
假如他鸣叫,喝退波涛
试与南山比寿

米粉遇见糖
漾开的色泽浸透一块方砖
波浪,鱼,桃花
互换的意象
用闽南话唤醒一水新潮
味觉刻进韧劲
从岛岸到额头

经历捣和揉,棱角饱满如石
却有一颗柔软之心
一旦垒成石壁
海风呼啸

徒有其名,却是一方头牌
糖龟带着渔人访客
出名的伴手礼

二、粽

包裹的事物,定有打开的惊喜
箬叶像一只在波涛间穿梭的小舢板
又是托起夕阳和篷帆的东山

东山,用潮水反复浸泡的倾斜隔开里外
里箬从小园记的开头
开始大规模叙事
从味觉到触觉
如何迁徙而来,抱成一团
滩头鼓声和帆影间
谈论美味

外箬,从舌尖流出的波浪
被山坡和海岸捆扎
东海,妈祖和小箬
还有打尖吂的那些旧事

隐去七彩
层层剥开,悬挂半空
被折叠的群聊

三、汤

海水沸腾成金黄
褐色岛礁幢幢
片片银白,晃动天空
一条鳗鱼试图从终点返回大海

在沸水里拼图
油锅里收回舞步
从刀尖上踱回一个身体
取回骨骼
仿佛从前的模样

还需途经鱼贩贪婪的手
从码头返回船舱
途经网的伏击
跳入曾被渔夫劫持的大海
游走暖水层
长歌善舞

无所顾忌的海底生活

倒叙，以海为背景
食客回味
就是一条鳗鱼的重生

四、面

三面中的一个侧面
集百味于一身
调和丰饶
是包容
必有博大的胸怀

这么细长，这么缠绵
如延绳
一头系着舌尖，一头系着钓钩

以绿豆名义，但与你无关
番薯花开出昨日味香
渔妇比拼手艺
旺火，加水，翻炒
众多被添加的配角

如生活场景
被叙述，意象和言情揳入
杂陈的五觉在晃动幻影
现代主义的作品

她总能将繁复变成简单
手掌长出复眼
从此不做糊涂事

五、圆

一只小白球，水中翻腾
如圆的图腾
在你的眼睛里收放

从火星上回望
鱼圆如地球，镶边宇宙里的一粒尘埃
回归餐桌
漾动的欲望
却被一张张小嘴吞咽

被凌迟的马鲛交出肉身
被一把山粉拿捏

于锅中蒸腾
海面飘动的浮子，如点点鸥影
晃动的白，裸陈的独水之语

那些类似的圆，复制她的秘籍
只有闽南风才能读懂她

六、粉

"箬山美食，山粉垒块"
粉饰海山
它才是真正的主角

众多食材，荤素不限
她是调和者
如多片树叶和河流同时拥有
和合的真谛
粉的处世哲学

在搅动中融合散发味蕾的午饷
船头，屋角，小摊
粉的无限，生活的真
粘连如绸缎

又一片波涛
在讨海人身体里拂过

七、羹

司晨的鸟鸣
引来一小片沸腾的水域
昨天浪花没来见我
但帆今天来了
赤裸的蛏肉用山粉塑身
把甲壳扔在泥涂里
在此大口咽下春色

调羹划动,桨橹回声
音乐如风
盲鱼,灵感和秋季岛
布满水声的天宇,被落星岛记住

羹中物,彼此叫着对方的乳名
怀抱波涛
翻越舌尖,与浊酒一起
坠入另一个新天地。

八、酒

他出场应在开渔之时
从敲罟时代走来
会合在醉山的时空里

他的尊贵之身
须在酒殿堂里出场
金黄，又一个金黄
美食家轻轻撩开
片片瓦状的雪白
像多米诺骨牌
通过味蕾摧动白色的力
摧动我的一切

一碗黄鱼酒
在大奏鼓声里吟唱
又在上海滩黄鱼车上醉倒

2024.4.21

闽南风
——石塘写意

一

他的名字
被阳光沐浴和海水浸泡
长出想象
异名者的光环
我的笔触从箬山出发
流连于岁月漫长海岸，用闽南话辨认

他的眼睛深邃神秘，源自血脉和两地书
勾魂的故土，拨回了时钟
如翻阅奥秘古籍
接续先祖的梦

溯源的潮汐涌来勇者的倔强
又如禅意若定的木鱼
留印的鸥声拐入暮晚的静止

他的大脑通过妈祖的四维视角
复述身世
一纸海禁令,一个洄流,一个习俗
古老的白昼和暗夜
大海深处泛起柔软时光
乱世,狂涛,迁徙
不确定的岛岸
再次被时间风暴否定
留下海的孤独

他的回忆恰是我的追问
从闽南一路北上
远走他乡的决绝之心
几百年的迁徙路
从车鼓亭到大奏鼓
从扛火鼎到扛火镬
从纸玩偶到小人节
血脉源头的传承
如一记波浪
一记沉重的波浪,转向
又回头,还是沉重

叙事的海边
高鼻梁的阿嗨开始动情
忆起家族祭祀忌讳猪肉
在闽南和本地正史里认祖
开基祖是明代入闽惠安百崎
阿拉伯穆斯林后裔郭仲远

"颍水家声远,琅玕世泽长"
做船模的陈师傅,喜欢翻阅族谱
以堂号为荣,复制"福船"

庄姓兄弟,情不自禁地讲述
惠安东园寻祖的经历
让妈祖和石城见证归宗

浸透时空血脉的刚毅
同时写在
他,父亲和祖先古铜色的脸上

渔者胎记
在无雪的海边思念

正与另一个自己重合
一滴血与另一滴血相融
一滴血与另一滴血相认

二

他用身体构建故乡山水
栖居，折叠时辰书
岸与船，岛与书，山与浪
穿过他的骨骼
多彩的海山适合抒情

山野隆起一些坚硬的事物
第一缕曙光带着神性
沿着他的额头爬上金阿顶

面朝大海的麒麟山
像一位巨人端坐模糊分界线
他把海山拥入怀中
从此是它的玩物
后岩是他缀满祥瑞的胸襟，抱着风水球
七彩小岛是他一撮飞扬的胡子

他伸出左手
逶迤入海的麒麟山冈
藏着镬火,舟楫和鸟鸣
鹿头咀是他的手掌
避风港内外海天一色
海鸟翻飞,渔船穿梭

他又伸出右手
从石苍丨到打丨丨
山冈沧桑
石屋,碉楼,石窟和厝井
布满旧海事和闽南风

他的体形曲线优美
卸下的湾峡
从桂丨到水仙花丨
从打丨丨到苍丨
从黄泥坎到杨柳坑
鱼,石,船和盐的聚散
每条道路都有尽头
还有那些孤悬的岛屿
落星岛,扁屿和龙眼礁

云镜揽彩,游走东海
从不孤单

此时,他漫步海岸
哼起地名歌
"鹿头咀拉钓线
后岩黄鱼透新鲜
外箬里箬两对面,里箬籴米店
大岙坑柴爿运来载加载
打爿岙大船小船都泊遍
石苍岙石头碎
小黄泥起炮台
大黄泥晒蛏干
杨柳坑炊皮礶头串加串
蛐壳倒起堆加堆"①

三

他的衣袋里藏有锦囊和密码
先知的灵光
打爿岙的民国风
上下老街的高光时代

闽南风

我想再次造访旧当铺
大裕代步商行和葆丰祥国药行
流转的银色,掌中路
繁华的终章与段首

水势中厝井藏着
他神秘的过往
林姓和陈氏家族崛起之谜
凹凸不平的地势
我在电子和手绘地图上无法一一辨认

陈和隆旧居的营造学说
顺升号谜一般的导航图
"清才聚箬谷,海镜启文澜"
一副对联里的重教之风
在陈策三的竹枝词里沉吟

渔行绰与柴爿码
渔工号子和褒歌
舢板结,渔人结和丁香结

他经历的世界

众人不曾记起，我却时常想念

四

他沉思
日月的光，敞开涛声和吟诵声
蒲田出神灵
桂峤分香火
沧海波澜平万里
箬山俎谷享千秋
从天而降的妈祖印
在低处发声
外箬出海
巨石将信仰
镌刻在小人节的祭坛上

海山人如大海般包容
星辰，渔歌和人心
因敞开而生动

方言里挤满一片慈云
膜拜的灯塔高于桅头旗和金阿顶
天妃导航洄游

闽南风

祈雨，救命和普度

一个妈祖住进一个灶台
千个妈祖住进千个灶台

五

三个习俗，他的三个表情
浸透着闽南血脉
一代又一代延绵不绝

大奏鼓声响起，新潮涌来
海滩，码头，庙前，舞台
男扮女装的舞者，在打胯扭腰
是岸在涛声间最先伸出的手
迎接打鱼人平安归来
有人说，镬火是族群的魂
他说，火最旺的地方住着神灵

元宵的海山火光映天
火镬，台阁，鼓乐，人海
月娘牵动火龙游动
一个迁徙族群的魂

彩亭彩轿，祭祀，颂辞
七夕小人节
男孩女孩与七娘妈同过生日
节庆的氛围弥漫整个海山

六

环海的他，山是后背
异乡人眼中的海山

海的辽阔，我的渺小
海的狂暴，我的胆怯
海的激情，我的孤单

西北的阿信
只是梦中来过海边
只能把大海比喻成草原
万马奔腾的壮观

阿正多次来箬山探海
你试图用凝视让海动起来
你的八岁儿子呼喊

"海站起来了,海在摘太阳"
你不以为然
诗行在你的目光里铺展

诗人阿良把箬山港当成入海口
在大奏鼓声中启航

大海患了失语症
总想不起名词
你能把大海装入身体
用人体为大海命名
你拥有了大海的身体
同时拥有身体里的大海

入海,又出海
大海是我的精神原乡
回到大海
再次从大海出发

我是一条会思考的鱼
写下航海日记
孤独的享受,留给自己

陌生的惊喜，送给别人

七

港是他卸下的臂弯
暮晚的表情
途经我的窗台的眼睛
我的忧伤就是浪
我的渔港收藏了落日和大海
我的落日和大海就是诗的词语
我的词语就是闽南风
我的闽南风就是三百年迁徙的泪
我的泪就是大奏鼓的舞影
我的舞影就是小人节的祈盼
我的祈盼就是浪的忧伤

八

波涛弄湿了他的衣衫
她是一位好裁缝
拎起一小片海
缝出一张大网

三角函数
为一条船定制网
拖船牵引一面蓝色的海
围网牵引红绿相间的海
一把剪刀
已无从下手

九

石屋，肌肉的线条勾勒他健硕的体魄
力与美的呈现
也在翻找身体上秋意弥漫海岸推开的记忆
石屋与石屋间
风有浪的形状
里面有乾坤
石坎是一排排凝固的巨浪
托起石屋
如跳跃的键盘和浪花
在歌唱

十

有关他的传说和脾气

夹杂海腥味
在村头，庙宇，石屋门楣
飘浮
如一只闲适的小舢板
轻轻飘过，不留水痕

你来，迟来和不来
观察，见证和参与
都是海的一部分

投身的海
生存的海
命运的海
克拉普最后一盘磁带
出海的十八种情形

十一

纷繁复杂的日子
他需要沉默和省悟
请替我关闭嘴巴和鼻孔
沙滩上指给你鲸落的人
才知一滴眼泪的宽广

一场风暴过后
我说
是替代,不是等于
不是退潮,是平潮
岸站起来
海便开始沉睡

鱼与蟹在网的星辰中相会
幻象重构美好

大潮汛
落星岛涌动
鱼与渔者的欲望
在昨天和明天同时来临
捕捞,让他再一次兴奋

十二

他的目光如炬
海平线眯成鱼尾纹
鸥声飞动,长成昨晚的提灯人
蜜橘酥唇的美少女

他的海湾布满修行的浪花
浪尖崩成云彩
海风,变成众多出海的渔者

鱼背的铃铛声引导网和我。
浪在翻卷着花边
粗犷的渔歌撞击岩石

十三

舍身雕饰
他再生的灵魂
重新收纳了天空和海浪
开渔
低缓的螺歌从一垛墙出发
披山披海
打捞一场远方风暴

四月迷乱
只有新生的紫藤才看得清
石屋间吹起闽南风
渔市场里渔获物大多死去

只有讨价还价声起
才能续写它们身后事
这些死者栩栩如生

十四

浪尖上的金阿顶，麒麟山和曙光碑
指间的海岸，船只和人烟
一幅海山画轴被第一缕阳光覆盖
被涛声，闽南话和太平话反复抚摸

林默娘的注目
化为惊叹，为他注魂
她沉睡在大海边
和众人鼾声，乳汁和汗滴里

他看着
码头上那些因避风而赋闲的异乡船工
他喝着
一匹海马直立行走在舌尖和酒杯里
他听着
身体的台风眼垂直影壁围困掠过的瞳仁
他写着

把她口含的一滴清水写成繁复奇崛的诗

十五

他有海的旷达，石的坚硬
海与山的经久打磨
已把彪悍，豪放，好客
刻入渔汉子的骨骼
从落篮酒，到船上"海碗"
兄弟，把酒喝起来

船头有神灵
未洗脚的和女人不允许上船
餐桌上的鱼不能随便翻

男子穿紫褐色土布拷汁衣裤
女子爱劳作和净洁
发髻上有传奇
戴金色斗笠的结网女
远望大海
村头礁石变望夫石

闽南沿袭的节庆，美食和祭祀

冬至米糕做成

鸡母鸡仔，东西塔

仿佛移来泉州镇国塔和仁寿塔

舌尖上的他，是绕不过的美谈

从惠安地瓜粉团到箬山山粉夹

番薯粉始终成主角

变着法子吃海鲜

绿豆面，山粉圆，鲳鱼羹

好客海山人，让你享受美味

流连忘返

闽南话里称呼

男女小孩叫阿妹

叔叔叫阿吉

祖母叫阿嬷

哥哥叫阿娘

如今箬山人也讲太平话和普通话

十六

二手时空，大海失眠，

旧箬山渔夫常被大海劫持

与一条船谈论大海

又试图劫持大海
盐的幻象,海的记忆
上桅杆,下水底
旧年水墨
银币和圆月相交时
我和他一起逐浪大海

他的岛,头颅如绿色的壳
藤壶坚韧如勇士,与潮共舞
吸附在岩石,船底,鲸鱼背,海龟壳上
潮间带至潮下带
是它的世界,也是它的梦

密集成群
体内生命,如此细嫩悄然绽放
渔人眼中藏着海的秘密与深邃
绿眉毛的船,随风摇晃
讨海的尖兵,书写着时光

杨柳轻飘,绿在梦中
岛向往岸,岸向往大海
从木质船到钢质渔轮

从罗盘到探鱼器
从讨小海,到跨国远洋捕捞
海岙和盐滩长成新村
画中镇的新传奇

十七

这是他的神采
泊来意式斑斓的五渔村
马卡龙色系的童话
是彩虹,还是七色彩线?
小岛打开梦幻的调色盘

蓝绸缎流水般淌开
被鸥声叼去的涛声
倾斜整个海天

一袭黄衣写进我的诗行
因你的存在
大海多了一段佳话
你的身上游满了金黄的鱼

十八

曙光园
观者站在他的肩胛上东眺
静守,波光跃金的第一缕曙光

暮晚,又在杨柳坑的那山那海
为落日的码头,大海描绘油画
又被海水和逝去的铜锣催眠

从金沙滩到珍珠滩
从三蒜岛沙滩到元龙岙沙滩
被潮汐反复淘洗的金子在发光
你在,填满了退潮的空阔
你走,大海陷入孤独

海角诗会
翔飞的海岸
用闽南话讲出
渔人后代的留白

海山生活

给自己一次不一样的遇见
诗的世界
翻开留言簿一页
"初见是惊鸿一瞥,重逢是始料未及
若再许我年少时,八两黄鱼八两风"

石塘,东海好望角
被唤醒的他
又做起了小希腊的梦想

环岛绿道,串起的一个个景观
民宿,散落的星辰
别在他的腰带上
蝶变海山
时间析出童话
共浴阳光的诱惑
光牵来深海座头鲸和天上的云彩
喧哗的诗吟
鸥鸣,闽南话和帆影
写在曙光碑,狮峰山,雷公山和金阿顶的额头
石屋顶上层层粼光
倾泻碎金

折返高空的光

2024.5.5

注：
①民谣，当地地名歌。

辑四 在场

灯光围网（诗剧）

引子

　　爱催动新潮，光主宰海天。饥渴的网牵引马力，复述

　　海，人和鱼之间的和解。结局就是开端，死就是生。

　　时间：某年舵公暴[①]后
　　地点：鱼山渔场，东海196海区
　　人物：箸山船老大、渔民一、渔民二、捕捞专家、诗人

第一幕：光源瞥见大海亢奋的身体

（镜像：鱼山夕阳西沉，暮色正在抹去海面粼粼波光，浙岭渔2782号围网灯船到位，两灯艇在下风，与大灯船呈三角形状。水上水下灯等待开灯诱鱼。）

　　渔民一：（望着海面，充满自信）这里是上层鱼洄游的必经之路，最熟悉的猎场。万事俱备，只欠东风。

　　渔民二：（兴奋地靠近船老大）鱼探器显示已有一团色彩

隐约，鱼群随着洋流游弋而来，但很分散。

船老大：（大声）天暗了，灯艇布好位，撑开水上灯，放下水下灯，复查发电机和网机网具。看来今晚会有一个丰收。

船老大：（再一次大声）开灯诱鱼。

旁白：诱鱼，诡异的光火。亢奋和膨胀在鱼与渔者暴涨潮汛握手间复述生命。

渔民一

鱼山，是大海辽阔的一部分
鱼山，是我一潮鱼讯的全部

马力的欲望
骸骨和猩红船眼穿过
风暴的白纸
母亲的网盘
我和旧年的父亲正与鱼王冷漠眼神对峙

铜鼎撞击声里
有产卵场鱼婴的啼声和远方大奏鼓回响

灯光围网（诗剧）

在篷帆和岁月之间
我摘下星辰和颂歌
在这生死并置交叉的猎场
我的好运势

捕捞专家

暖流和入海径流交融
古老钓场从你的胸膛上淌过
技艺与命运较量再次上演

季节在洄游，渔场成战场
产卵场上交欢，律动生命
导航仪，鱼伏击洄游
探鱼器，牵动鱼群奔赴

夜的浮光
三角形状，莽海图案
三粒渔火，三个月亮的替身
鱼之上是水下璀璨
水之上是蛊惑光影
灯之上是吟啸海天的星宿，鱼神

光中舞蹈
毁灭于诞生的瞬间
诞生于毁灭的无际

船老大

舵公开启一条渔船征程
祖辈留下的钓场
巨浪中鱼山岛格外冷峻
风暴前夜
黄昏深入渔歌高亢的内部

与雄性血色交相辉映
是水手和鱼族眼里的光
它们一同进入天的腹部

鱼神苍凉而灼热的额头
刻画出我的背影
如同棕帆揳入伏虎礁

林默娘为你点灯

我和我的船如同古钟
潮汐尽头等你
我的声音,如同螺号
激荡在每一个海角

诗人

蔚蓝色的梦在音阶上攀升
饥渴的风击打桅头旗
呼啸着传递悲喜

一切都是未知的预示
锚不定的湍急
新潮和鱼亡间行走

无尽无休光影在水面交错
述说命运

海天
灯光和鱼儿共舞
诡异的鸥声里有黑色光芒
浑浊浪峰和桅头旗上烈性海马的嘶鸣

无数假设的轮回
生者前世和死者余生
艰难互换和呈现的多重身份

第二幕：悬浮粒子牵引水中纵情的逐火

（镜像：两灯艇向大灯船靠拢，将鱼逐渐集中到大灯船附近，大灯船逐盏关熄灯，漂离两灯艇光照区，然后副艇以同样方式向主艇送鱼）

渔民一：（认真察看探鱼器）聚集鱼越来越多，第一步诱鱼效果不错。
船老大：（望着海面，大声说道）关闭大灯船灯光，灯艇开始送鱼。
渔民二：（紧张地操作着捕鱼工具）我已经准备好了，副艇向主艇送鱼。
旁白：送鱼就是并火，是点燃上层鱼欲火的引信。

船老大

夜海，光照亮了鱼族和我的心
熄灭等于开启

并火是无声的交响乐
水下光的世界蒸腾
鳞光悬浮
波峰之上,桅头旗迎风飘扬

捕捞专家

人间唯有我与你惺惺相惜
反串角色,成为鱼族一员

围网的主角,青占鱼
产卵场刚添子嗣
黄白腹部,青蓝的纺锤体
叉形尾鳍掀动洋流

狂奔军团
流线型的散布
在夜色中浮升
飘然而至,高举光芒之旗

你盯住游弋的水生一族
这些衣袂飘扬的小水妖

与一条船谈论大海

正如我玩赏易卜生的诗剧
小胖墩的丽隆剑海蚤
弯曲的中肋骨条藻
迷你美人虾
你垂直移动血口为她们布置了死亡

蒸腾跳跃的火焰
破碎的云缝间闪烁
进入趋光的头颅
悬浮粒子共振
如影视投射产生冲动

追光，我的信仰
为了这，我已等了很久
水域影绰
鱼声锯去水宫殿的喧嚣与寂静
笔直，旋转和摇摆
打量岛礁
被劫持的鱼，光的梦想家
无法握住乾坤和一朵碎云

青占鱼没有泪腺

宴席时没人说出它的生前
你抱起波涛
斑纹是金杉树上缀满玫瑰的饰物
指缝间流过你的影像并从我的瞳孔里剥离

逐光
游走生死边界

诗人

半日潮由西向东
船长，你手中紧握那道光
腾挪星辰

你身体倒挂
鱼一样沉潜下去，整身骨骼成珊瑚
却有营造家的手艺
水下是光的古井，楼台和猎场

升腾，源自
金阿山顶第一缕曙光和闽南的镲火
如同我在诗行里打入钉子

一个魔幻诗人质疑的新意象
你每一次屏住呼吸
海风摇曳成食客唇边鲜甜的花
预言家的表达

第三幕：舍我的光谱催动狂舞镣铐渐入窄门

（镜像：玻璃钢制主灯艇的水下灯成为唯一光源，引导鱼群进入预定网区，完成集鱼。）

渔民二：（认真掌舵主灯艇）这是关键一程，离成功一步之遥。
船老大：（反复察看海面）水下灯再调亮，灯艇靠近网区。
旁白：集鱼，是敲响通向欢乐和死亡的海派定音鼓。

渔民二

屏蔽海天星光，涛声和鸥鸣
看到水面一个透亮诱人的胴体
玻璃钢熔铸的纺锤体
铊铟灯红紫绿变幻

唯一光源

水下一个无限缩小的点
整个夜渔场内核
信息茧房
我是火炬手
火神祝融的化身
蛊惑的光芒

我擂响沉入梦境的蛙皮礁岩
把鱼族送向圣殿

诗人

一片星空的水中马铃
被发光身体撞响
光谱变幻出鱼形舞曲
旧日太阳正在燃烧鱼骨

夜已关闭
水魅变形迎神曲响起
青占鱼军团
一入灯区，感受到了玫瑰色陡峭
如同一个谜的光芒

不再倾斜和消散

它正狂舞穿越众巫布卦廊道
如一滴水渗入大岛礁
镜像中水族妩媚，扇状光影涌动
像远古的火炬照亮迷宫
倘若这是天边
逐火，灵魂和身体不再被水所困

忘情于奔走暖水层
每一个鳞片都在发光
投射溺者的庙堂

人间诱惑如同集鱼
沉溺于梦境
忘记灵魂和真实自我
仍然执着寻找光影交错尽头的窄门
是不是唯有窄门
才是真正逃离不再是归途的世界

第四幕：佛系围网打捞起海水的虚无

（镜像：网船在离主灯艇下风处开始放出钢索，网衣，灯艇将鱼带入取鱼部。)

　　渔民一：(启动绞网机)我放网了,布下天罗地网,等鱼前来。

　　渔民二：(开着主灯艇,自信地说)终于进入网区,到了取鱼部,跟着的鱼群就成为瓮中之鳖。

　　船长：(兴奋大声地说)主灯艇诱鱼很到位。让鱼群全部进入取鱼部。

　　旁白：放网,鱼群流连于张开的血盆。

渔民一

箕状围网,敞开井口
水中垂直伸展,形成围网壁

我喝下一口老酒
吟唱一曲渔歌

抛出网头浮标
顺时针的魔法
大海新衣裳

主灯艇游入取鱼部

水面躁动，鱼群跳跃
万马奔腾之势

捕捞专家

马力和雷达的吼声
刷新了织网新手艺
她有设计师做派
勾股定理算出围网
流水线巨幅机织
织女当起裁缝

巨大的网翼在两角展开
吞吐冷月，风暴和涛声
一排白浮标飘动，如鸥鸟临水
又如渔妇雪白的牙齿

坠入海底泥沙的一排沉子
如深潜铅色伏兵
等待猛扑一瞬

网纲是勒命的绳索

灯光围网（诗剧）

总在最先和最后出击
扼住鱼的咽喉

网囊，牵引灯船
网眼放大
一场捕捞，握手言和

诗人

网眼柴火虚构奏鸣曲
一个音符被另一个音符覆盖
波涛变形的颤声

斜入的光，扇动神灵羽毛
抵近人鱼共生的远古深海

暖炉香
捧着古籍剪烛夜读的小水妖
逐渐生出翅膀
逐火而去

此刻，它们仍沉浸在铁栅栏花环形迷局中

色系紊乱
坠入巨大时空漩涡
神秘学的歧义

狩猎图
泛着鱼骨的鳞光
布位的锐角成为新原点

敞开了一个围城
小鱼进来又钻出
佛系的网眼
没有归途的大鱼进入
这是单边的猎场
火焰在梦呓般天空奔涌
荒疏的疯狂让画笔悬空
灵殿纵情于无归墟烬
世人朦胧的思想正卷入漩涡
魔幻的渔轮，灯火，烟花

没有反转剧情
没有返回积重海天的可能
是否会在渔者狂喜和鱼王失魂眼神里一同消逝

第五幕：无法勘测的大海终于有了陡峭的平和

（镜像：收绞，灯艇提起水下灯，"带煨"[2]取鱼起网。）

渔民一：（启动绞钢机）我已封闭底网，防止逃鱼。
渔民二：（提起水下灯并熄灭）我已离开网圈，大家可以起网衣。
船老大：（认真察看取鱼部和甲板）大船开灯，卷扬机启动，做好接鱼。
旁白："带煨"，飞鱼在排浪和甲板上吟唱多音部的歌。

渔民一

甲板如同白昼
一次弯曲旅行
卷扬机吊起一潮鱼汛
落下沧海星辰
我愿把沉甸甸渔火唤醒
打捞一方轻盈海天

倒置的酒缸
渔夫的蛮力和悸动
燃烧伏击荒海的暮晚

来自大海深处座头鲸和箬山大奏鼓的鸣响

渔民二

借一小段时光，雪藏一条鱼

甲板上跳跃的青占
鳞光闪动如白雪纷飞
我的琴弦断在利箭的风中
趋光者的宿命
不能让我身体长出悲悯

一只扑火飞蛾
提着自己和鱼的头颅走过
此刻，它们直直地躺在鱼箱里

眼睛突圆，优美的纺锤体
醉迷的鱼眼能否送来一个大潮汐
如今流落人间
正是众人眼中的最美
没有仪式，盖上薄冰
开始一小段死后冰封的日子

诗人

我开始写它舞蹈
秋叶提前在夏天凋零
我开始写它死亡
远方后岩正在置办一场庆典

被诱捕的经历鲜有提及
缺氧,膘爆,毙命
肢体逐渐僵硬
只有鱼,食客和纸币构成的小岛经济学
在乎它的鲜度
它的新生刚刚开始

一弯古月,如铜号
被海水带走
飘向闽南口音渔歌的岬角

船老大

再一次复述波涛
重走老父当年乌浪鼓驶过的航线

与一条船谈论大海

桅杆在浪尖之上
我把大海揽于怀中

那年赭帆倾覆
同乡阿青就在不远处归天
这是老父终身的痛

每一潮都是一次续写
添加众音的涛声
生死只隔一张船舱板

血液般的海水
注入我接近燃烧的生命
波峰之上，鸥的翔飞

你看见的浩渺是我的孤独
潮水如人生，我
试图与一滴水搏杀
试图与一条鱼和解

尾声

（镜像：趁着夜色，渔民们正忙着开始第二网灯围。）

众人

开渔就是祭海，为曙光碑加冕
洋流回溯列岛海蚀硐天
感恩海水喂养和波浪赐予出路
把蔚蓝还给蔚蓝
把生命还给生命

2023.9.11

注：
①舵公暴：海面起大风称暴头。9月下旬称舵公暴。
②带煨：灯船靠近网般时，投去带煨索的网带。

后记

用自己的潮汐,坐拥一片海

大海辽阔、浩渺、神秘,充满哲思,对诗人来说,它承载着梦想、冲动和潮水般的激情。刻画和重塑大海,是每一个拥有大海情怀诗人的使命。

东海诗歌写作,虽然命题宏大,但它是当今整体性、倾向性地理写作不可或缺的一部分,正如黄河、长江和运河写作一样,是新时代诗学理应关注并研究的重大课题。它兴于20世纪八九十年代,几经曲折发展,进入新时代后,一批东海新诗群诗人的崛起和诗歌新样式的呈现,开启了东海诗歌新航程。以东海诗歌联盟建立为标志,跨省的东海诗歌力量正在集结,"出海"势在必行。提出东海诗歌写作,这个极具辨识度的诗学命题和概念恰逢其时。这不仅是诗论家的使命,而且是诗人的职责,诗人也应该用自己的文本、诗学倾向和诗艺风格发出应有声音。

时下海洋诗歌写作风格多样化，这是必然的。从观察和想象出发，有感而发，这自然是一种好的写作状态，一些好作品就是在此种状况下产生的，这也是现象级的文学事实。但其根本立足点还是陆地、岸边。对我而言，需发挥自身独特优势，选择一条适合自己的创作新路。

　　最重要的一点，我对海洋诗歌写作的态度是虔诚而认真的。作为长期工作、生活在海边的人，我对大海有一种天然的亲近和向往。文学对我来说是一次迟到的转场，转眼间已经在路上，但心中总有一个梦想：用自己的潮汐，坐拥一片海。

　　靠山吃山，靠海吃海。作为海边人，我把海洋题材的体验式地理写作作为自己文学追求的方向。正是基于自己对大海的亲近与热爱，加之多年来对海洋文化，尤其是浙闽文化融合地——温岭石塘的系统性、叠加式的研究，我积累了大量不可多得的第一手资料和经验。聚焦石塘，尤其是讲闽南话的箬山片区。箬山是20世纪90年代初浙江省首批历史文化名镇，与乌镇、南浔、西塘和石浦同列其中。它的开发一度滞后，但反过来讲，相对完整地保留了作为浙闽文化融合地的历史风貌、闽南风情民俗等独有魅力。我有不少亲眷在箬山，我的家人中就有会讲闽南话的，有一份亲情的牵引。箬山一山一水，一草一木，以及人与事都充满吸引力，对我而言犹如神一般地存在。热爱她,敬畏她,写好她,是一种自觉的使命。

我对大海书写一部分灵感和想象力,是由我心中无比美好的更南的南方带来的。作为几百年的迁徙族群,虽迁居浙东南,但血脉和心灵却不时回望闽南故土,保留着传统的闽南风土人情,这是他们心灵上的两地书。我注重闽南话所及漫长东海沿岸海洋文化对比研究。必须看到这种文化融合也正面临时代性的困惑,它的血脉传承和族群命运,海洋捕捞方式的变迁,尤其是后工业化时代生产生活方式变革图景迫切需要我们关注和书写。

我的第一本诗集《入海》,在海洋题材在场性地理写作上作了努力,如何系统地书写和充分表达,使题材更加集中和纯粹,我选择用长诗来创作。长诗集《与一条船谈论大海》是我东海诗歌写作系列的第二本诗集。该书共收录长诗13首,分溯洄、渊源、具象、在场四辑。既深度挖掘,独立成篇,又相互呼应,形成体系。从诗歌角度,构建起一个海洋题材新的主题性、场景式的文学地理文本。

大海是诗歌写作的第一现场,海洋诗学的新境界,文学辽阔而深邃的所在。我以出海为使命,把目光投射大海,聚焦渔场,捕捞所辐射的时空,不仅是东海,而且涵盖世界海洋及其生命史。到大海中去,再从大海出发。我的介入,让大海在场共时,即便写岸边的人和事,也是大海的视角。我试图以东海为中心建立起海洋原乡,集中展现海洋特有的开阔视野和顽强生命力,呈现海洋的诗意场景、人物和观念,多维度表达对生命的关照,揭示事物和人性的真相与本质。

平等意识已成为我海洋诗学的基本主张。海洋题材诗歌的在场性写作,还需要阐述人、鱼、海之间的哲学关系。一条渔船,逐鹿东海;一个渔民,逐浪大海。辽阔的海域,其海上生产生活,与大海生死搏斗是多么惊心动魄,悲喜交集。还原、参与、重构和反思这一场景,其在场体验和书写价值显而易见。物竞天择,鱼为渔亡,似乎天经地义,但滥渔酷捕,伤天害理,如每一次海底拖网,都是群体性事件。作为诗人,应崇尚自然主义,思虑万物彼此制衡,又相互依存,相互转化的辩证关系。置身大海和现实世界,既要为鱼代言,又要为渔人发声。

寻求陌生化手法,是我海洋诗歌在场性写作的重要一面。海上世界,鱼与渔者的真实境况人们知之甚少,充满神秘感。说起一条船大家都明白,如若涉及延绳钓作业的具体细节,人们就显得陌生又好奇。细节化真实描写,还原和重塑自然场景,追踪其生活或生命状态,自然会有代入感,让读者置身于海,身临其境,在词语世界里打捞真实的海洋。与此同时,人物互拟,场景魔幻化,也会造成陌生感。如《里箸》,

有一节是写大奏鼓的，变成鱼在滩头跳舞，有意外的效果。

长篇诗歌创作，要紧扣主题多重构建，尤其要把握叙事、意象、场景和哲思等要素，多维度交叉推进，既跳跃，又节制。同时尝试海洋诗剧写作，形成多重面影的诗歌样式。

这本诗集，是我文学创作的真正"出海"，在满足自我表达的同时，试图为当今海洋诗歌范式作一些新的探索，也是海洋诗歌全新视野的一次再出发。

2024 年 10 月 8 日写于箬山

微信公众号　　官　网